RÉVOLUTION

Adapté par Gavin Scott
à partir d'un épisode de la série
télévisée intitulé
« Petrograd, July 1917 »
Téléfilm de Gavin Scott
Histoire de George Lucas
Sous la direction de Simon Wincer

Avec les photographies du film

ÉDITIONS
FLEURUS

ÉDITIONS FLEURUS, 11, rue Duguay-Trouin 75006 PARIS

Ceci est une œuvre de fiction. Bien que le jeune Indiana Jones soit présenté comme prenant part à des événements historiques et soit placé dans des situations en relation avec des personnages ayant existé, les scènes sont purement imaginaires. Par ailleurs, pour l'intérêt dramatique du récit, des modifications chronologiques et historiques ont été apportées par l'auteur dans les scènes relatant des faits connus et évoquant des personnages ayant existé.

Titre original « Revolution ! », publié par Random House.
Traduit de l'américain par SOGEDICOM.
TM & © 1993 LUCASFILM LTD (LFL) ALL RIGHTS RESERVED.
FLEURUS AUTHORIZED USER.
1993 © Editions Fleurus, Paris
Dépôt légal : février 1993
ISBN : 2.215.03041.0
Imprimé en France

RÉVOLUTION

" PETROGRAD 1917 "

0   150   300 Km

NORVEGE

SUEDE

FINLANDE

Petrograd
(St Pétersbourg)

Moscou ●

Mer
du Nord

Mer Baltique

GRANDE
BRETAGNE

RUSSIE

ALLEMAGNE

FRANCE

SUISSE

AUTRICHE - HONGRIE

Mer
Noire

CHAPITRE 1

— De quel bord es-tu, camarade? demanda le soldat tout en poussant le jeune étranger contre le mur du théâtre Pouchkine.

Une demi-douzaine de soldats l'encerclaient, l'empêchant de fuir.

Indiana Jones remarqua qu'ils appartenaient à un régiment de mitrailleurs. Beaucoup d'entre eux étaient des marginaux qui avaient été chassés d'autres unités. Ils formaient un des groupes les plus violents et les plus extrémistes de Saint-Pétersbourg. Et il y avait une profusion de groupes à Saint-Pétersbourg! Indy choisit ses mots avec soin :

— Je ne suis en Russie que depuis quelques

semaines, dit-il. Qui suis-je pour dire quelle sorte de gouvernement vous devriez avoir ?

— Tu as raison, camarade, dit le premier soldat, visiblement satisfait de la réponse d'Indy. Mais je peux te dire, on s'est débarrassé du tsar. Maintenant, les terres aux paysans ! Les usines aux ouvriers et le pouvoir au peuple ! Prends un tract ! ajouta-t-il, en en plaçant un dans les mains d'Indy. Ça explique tout. Le camarade Lénine en personne prendra la parole demain à une réunion. S'il y a quelque chose que tu ne comprends pas, Lénine te le rendra limpide !

— N'oublie pas ! Nous te surveillerons, dit un autre soldat, qui mesurait presque deux mètres.

— Merci, dit Indy en forçant un sourire.

Le premier soldat lui donna joyeusement une claque dans le dos. Puis ils partirent en descendant la rue, distribuant des tracts.

Indy soupira de soulagement. Si ces soldats avaient su ce que faisait vraiment Indy à Saint-Pétersbourg au milieu de la révolution russe, ils l'auraient fusillé. C'était en juillet 1917, tout juste quelques mois après que le peuple russe eut chassé le tsar Nicolas du trône. Nicolas avait entraîné la Russie dans la Grande Guerre contre l'Allemagne et en avait fait un terrible gâchis.

Son ministre de la Guerre ne connaissait rien à la guerre moderne. Les soldats étaient envoyés à l'assaut contre le feu ennemi, armés de leurs seules baïonnettes. Les pertes étaient épouvantables. Et au pays, la famine sévissait.

Après la chute du tsar, un gouvernement provisoire fut nommé aux affaires. Le pays resta en guerre. Le nouveau ministre de la Guerre ne voulait pas que les alliés de la Russie l'abandonnent à cause de la révolution. Mais le peuple voulait que les troupes rentrent au pays tout de suite. Et les soldats désertaient en masse.

Les alliés de la Russie, la France et la Grande-Bretagne, avaient besoin de savoir ce que le peuple russe allait faire maintenant. Indy était un des espions chargés de le découvrir. En couverture, il était attaché culturel à l'ambassade de France. C'est sa connaissance des langues qui lui avait valu cette mission.

Cela avait l'air prestigieux, mais, la plupart du temps, Indy était coincé au sous-sol de l'ambassade à décoder les messages des agents qui étaient sur le terrain. De ces informations, il élaborait des synthèses qu'il transmettait à son patron, M. Laurentine.

Bien sûr, Indy avait envie d'être lui-même sur le

terrain. Il consacrait tous ses loisirs à arpenter les rues, à la recherche de quelque chose de suffisamment important pour le sortir du sous-sol de l'ambassade où il s'ennuyait.

Saint-Pétersbourg avait été rebaptisé Petrograd au début de la guerre. Indy n'était pas le seul à avoir du mal à se souvenir du changement.

Mais, quel que soit son nom, c'était une ville magnifique. Des parcs somptueux et des bâtiments superbes se reflétaient dans les eaux de la Néva. Les larges avenues étaient bordées de palais, de théâtres, d'églises, de grands magasins et de cafés. Les trams colorés étincelaient sur les boulevards. Les sabots des chevaux de fiacre résonnaient sur les ponts qui relient la centaine d'îles sur lesquelles est bâtie la ville. En inspirant profondément, on pouvait sentir l'air du golfe de Finlande.

Tout Saint-Pétersbourg était dans la rue en ces longues journées d'été. Tout le monde avait son opinion sur la suite qu'allaient prendre les événements en Russie. Chacun avait une affiche à coller, un tract à distribuer, un discours à prononcer. Les cafés étaient remplis de gens qui criaient, qui riaient et qui recommandaient du thé pour se désaltérer après une discussion animée.

Tout en se frayant un chemin à travers la foule, Indy

aperçut l'horloge de l'hôtel de ville. Dix heures moins dix. Oh non ! Il allait encore être en retard au travail. A contrecœur, il sauta dans un tram.

Un véhicule blindé, le drapeau rouge flottant sur la tourelle, déboucha d'une rue transversale. Indy le regarda doubler le tram poussif. Le blindé était plein de mitrailleurs qui allaient répandre la bonne parole. La terre aux paysans, les usines aux ouvriers et le pouvoir au peuple !

— Ils préparent quelque chose, pensa Indy.

Mais c'est ce que tous faisaient à Saint-Pétersbourg. Ils avaient un monde à reconstruire !

L'ambassade de France était un bâtiment vaste et élégant, proche du centre-ville. Elle avait été autrefois le palais d'un aristocrate. Le square paisible, planté d'arbres, qui lui faisait face semblait à des milliers de kilomètres de l'excitation qui régnait en ville.

Indy rentra par la grande grille en fer forgé, montra son laissez-passer au garde, gravit en courant le grand escalier de pierre avant de franchir les lourdes portes or et crème de l'ambassade.

Ses pas résonnèrent dans les couloirs de marbre,

11

puis il se précipita au sous-sol. Plus Indy se rapprochait de son bureau, plus les escaliers étaient étroits et moins il y avait de marbre. Quand il parvint au sous-sol, toute grandeur avait disparu au profit du strict nécessaire.

Une fois dans son bureau, Indy se sentit piégé. Cette impression était due en partie au fait que cette pièce était remplie, du sol au plafond, de dossiers, de livres, de cartes et d'affiches. Mais la principale raison était que Brossard partageait son bureau.

Pierre Brossard était un jeune homme soigné, portant de petites lunettes rondes cerclées de métal. Il était l'autre membre de l'équipe de renseignements de M. Laurentine. Pierre Brossard était toujours tiré à quatre épingles, toujours efficace et toujours ponctuel. Il exaspérait Indy.

— Ah, capitaine Défense, quel bonheur que vous puissiez vous joindre à nous ! dit une voix sortant de l'ombre derrière Brossard.

C'était M. Laurentine en personne.

« Henri Défense » était le pseudonyme qu'avait choisi Indy quand il s'était engagé dans l'armée. C'était l'armée belge. Les Etats-Unis n'étaient pas encore en guerre, mais Indy voulait se trouver sur les lieux de l'action.

Indy était trop jeune pour s'engager ; alors, il s'était

fait une nouvelle identité. Au bureau de recrutement, il avait aperçu un panneau DÉFENSE DE FUMER ; cela lui avait semblé drôle de se nommer Défense. Mais depuis, il avait connu les champs de bataille des Flandres, de Verdun et les jungles du Congo, et il ne trouvait plus cela drôle.

— Excusez mon retard, monsieur Laurentine, dit Indy en se repeignant avec ses doigts. Je surveillais les manifestants dans les rues.

— Surtout celles qui sont jolies, lança Brossard.

Le regard que lui jeta Indy l'aurait tué sur place si Brossard avait été sensible aux regards meurtriers.

— Nous avons des indicateurs pour surveiller les manifestants, capitaine Défense, dit M. Laurentine.

Avec ses lunettes, sa barbe bien taillée et son costume de bonne coupe, il était une préfiguration de Brossard dans quinze ans.

— Votre travail, continua-t-il, consiste à étudier les rapports que nous transmettent ces indicateurs et à en tirer des conclusions. N'oubliez pas, nous devons savoir si les communistes, ou les bolcheviks, comme ils s'appellent, vont essayer de s'emparer prochainement du pouvoir. Imaginez ce qui va se passer s'il n'y a plus de propriété privée ! Si tout, des terres jusqu'aux usines, appartient au peuple ! Les communistes ! Le seul mot me fait trembler !

— Je pense que les communistes se préparent, monsieur, assura Brossard. J'ai eu une dizaine de rapports sur des convois d'armes qui pénètrent en ville.

Indy sauta sur l'occasion.

— Brossard, vous nous dites que les communistes vont prendre le pouvoir depuis des semaines! Les communistes parlent beaucoup, monsieur Laurentine, mais ils ne sont pas capables de prendre le pouvoir. Je ne m'inquiéterais pas d'eux. Ils ne sont pas assez soutenus.

— Nous ne pouvons pas nous permettre de ne pas nous inquiéter à leur propos, capitaine, dit M. Laurentine. La France et l'Angleterre veulent que les Russes poursuivent la guerre contre l'Allemagne. Si les bolcheviks prennent le pouvoir, ils retireront les troupes russes du front.

— C'est un de leurs arguments forts, Défense, dit Brossard. Lénine promet le retour des soldats à la maison. Vous rendez-vous compte de l'effet que cela produit chez quelqu'un qui est coincé dans les tranchées depuis des années?

— Ne me parlez pas des tranchées, Brossard, répliqua Indy. J'y étais. Mais cela ne veut pas dire que les bolcheviks vont l'emporter.

— Mon analyse me suggère que... commença Brossard.

Il fut interrompu par Indy.

— Monsieur, est-ce que Brossard peut poursuivre tout seul ses analyses ? Je préférerais être sur le terrain pour rapporter des informations plutôt que d'argumenter avec lui quant à leur signification.

— Les informations sont inutiles sans analyse, capitaine, répondit gravement Laurentine. Votre russe est excellent. Vous décodez bien. J'ai besoin de vous ici.

— Mais monsieur... dit Indy.

— Et je vous serais reconnaissant si vous arriviez au travail à l'heure, pour une fois. Le capitaine Brossard arrive toujours à l'heure, lui.

Et sur ces mots, M. Laurentine remonta vers son bureau clair et confortable.

— Vous avez du culot, Défense, dit Brossard. Pourquoi Laurentine vous enverrait-il sur le terrain, vous, et pas moi ?

— Parce que je suis un agent de terrain né, Brossard, et vous un rond-de-cuir né ! dit Indy.

Il s'assit à son bureau et regarda tristement le tas de paperasse qui l'attendait.

— Hm ! répondit Brossard. La seule façon de vous employer sur le terrain, c'est comme épouvantail dans un champ !

Pour appuyer ses paroles, il froissa un papier et

l'envoya à la tête d'Indy. Indy le rattrapa prestement et le défroissa. Quand il lut ce qu'il y avait dessus, son humeur changea brusquement.

— Eh, quand est-ce que c'est arrivé? demanda Indy.

— C'est notre homme du régiment de Preobrajenski qui nous l'a fait parvenir dans la matinée, dit Brossard, perplexe.

— Ecoutez, tenez la place pour moi, voulez-vous? Je dois sortir une demi-heure, dit Indy en se levant.

— Sortir? cria Brossard. Vous venez tout juste d'arriver!

— C'est une urgence, dit Indy.

— Je n'ai pas le temps de faire votre travail, Défense, gémit Brossard. Il y a un tas de...

— Merci, capitaine, cria Indy. Je savais que je pouvais compter sur vous.

Et il sortit.

CHAPITRE 2

Indy sortit de l'ambassade à la vitesse d'un champion olympique. Il grimpa les escaliers quatre à quatre et déboula dans le couloir en marbre, en glissant comme un patineur de vitesse. Le personnel de l'ambassade, grave et digne, le regarda passer d'un air désapprobateur et outré.

Puis le désastre survint. Juste au moment où Indy atteignit la porte, elle s'ouvrit pour laisser passer l'ambassadeur en personne, accompagné de ses secrétaires et sous-secrétaires. Le premier secrétaire ferma les yeux pour ne pas voir la terrible collision. Au dernier instant, l'ambassadeur fit un pas de côté. Indy, le remarquant à peine, continua sur sa lancée,

17

passa la porte d'un trait et franchit l'escalier d'un bond.

Un peu secoué, l'ambassadeur fronça un sourcil.

— C'est agréable de constater que tous nos jeunes gens ne s'imaginent pas que la diplomatie est une vie faite de luxe et d'oisiveté, dit-il au premier secrétaire.

Indy était déjà trop loin pour l'entendre. Il courait à travers la foule du square. Il dépassa des soldats, se fraya un chemin à travers un attroupement de gens qui écoutaient un discours. Puis il prit les ruelles étroites qui le conduisaient chez lui, le cœur battant la chamade.

Pour un jeune espion sous-payé, Indy était somptueusement logé. Jusqu'à récemment, le bâtiment où il habitait était occupé par une famille d'aristocrates qui possédaient de grands domaines à la campagne. La famille avait fui le pays quand le tsar avait été détrôné.

De jeunes étudiants occupaient le bâtiment. Ils avaient divisé les pièces immenses en petites alcôves personnelles. Quand ils invitèrent Indy à partager leur fief, il accepta avec joie : les appartements étaient durs à trouver à Saint-Pétersbourg.

La bâtisse n'était plus tout à fait en l'état dans lequel l'avaient laissée les anciens propriétaires. Le grand escalier qui menait à l'étage où vivait Indy et ses amis était plongé dans l'obscurité. Indy trébucha plusieurs fois en grimpant les marches. Il courut dans le couloir, ouvrant toutes les portes.

— Serguëi ! Irina ! Où êtes-vous ? appela-t-il.

Il n'y eut pas de réponse. Toutes les pièces étaient vides. Indy ouvrit une fenêtre et se pencha. Il vit ses amis dans la rue. Ils brandissaient un drapeau rouge.

— Serguëi ! Irina ! Arrêtez ! cria Indy de toutes ses forces. Je vous dis : ARRÊTEZ !

Mais ils étaient trop loin pour l'entendre. Indy referma la fenêtre et reparcourut le chemin inverse. Quelques secondes plus tard, il sortit de la bâtisse et prit un raccourci jusqu'à une large avenue. Indy repéra le drapeau rouge d'Irina et de Serguëi qui flottait au-dessus des têtes.

Il se rua dans la foule jusqu'à buter contre le dos d'un homme jeune qui portait un vieil uniforme. Tous les insignes avaient été arrachés, mais il portait un brassard rouge.

— Eh, regarde où tu vas ! dit l'homme.

Son courroux se transforma en joie quand il reconnut Indy.

— Irina ! cria Serguëi à une jeune femme qui portait de longues nattes châtain. Viens voir qui nous a rejoints !

Quand elle se retourna, son beau visage s'illumina de joie.

— Indy! Je savais que tu ne pouvais pas manquer le discours de Serguëi. Mais qu'y a-t-il? On dirait que tu as vu un fantôme!

Irina était étudiante en lettres. Elle venait d'une famille de bourgeois aisés. Elle s'était passionnée pour la révolution quand elle avait rencontré Serguëi, il y a trois mois.

Serguëi savait ce qu'était la révolution. Il venait d'une famille d'ouvriers. Ils avaient dormi sur le sol de l'usine de cordes où ils travaillaient, car ils étaient trop pauvres pour se payer un logement. Serguëi avait perdu un frère et une sœur en bas âge. Serguëi avait vu ses parents se transformer en vieillards.

Quand Serguëi fut envoyé sur le front pour combattre les Allemands, il constata que la guerre était aussi mal conduite que la paix. On ne se souciait pas plus des soldats que des ouvriers.

Un jour, un bolchevik demanda aux hommes de son unité pourquoi ils ne jetaient pas leurs armes pour rentrer chez eux. Serguëi ne trouva aucune raison de ne pas le faire. Quelques officiers élevèrent des objections, ce qui leur valut d'être tués.

Maintenant, Serguëi était de retour à Saint-Pétersbourg. Il militait pour que les bolcheviks prennent le pouvoir et que la guerre cesse pour tous les soldats. Et Irina l'aidait parce qu'elle l'aimait. Elle écrivait des essais pour les professeurs de lettres le jour, et des pamphlets pour les bolcheviks la nuit.

— Vous allez au palais Tauride, n'est-ce pas? demanda Indy, essoufflé.

Le palais était le siège du gouvernement.

— Bien sûr que oui, dit Serguéï. Je veux dire à ces idiots du gouvernement ce que pensent les soldats de cette guerre stupide. Tu m'as entendu répéter mon discours hier soir?

— Quelqu'un doit leur dire, dit Irina. Nous devons faire cesser cette guerre!

— Ecoutez-moi, dit Indy, encore essoufflé. Ne vous approchez pas du palais Tauride cet après-midi.

— Pourquoi pas? demanda Irina, étonnée.

— Je dois y aller, Indy, dit Serguéï. Tu le sais bien.

— Pas aujourd'hui, dit Indy. Crois-moi.

Serguéï et Irina le regardèrent, perplexes.

— Mais pourquoi? répéta Irina.

— Parce que tu es un déserteur! siffla Indy, exaspéré.

Serguéï le fixa des yeux.

— Et alors?

Les yeux bruns d'Indy se détournèrent. Que pouvait-il dire à Serguéï sans exposer l'indicateur qui avait passé l'information que Brossard lui avait jetée ?

— Le palais Tauride va être malsain pour les déserteurs aujourd'hui, dit-il.

— Comment le sais-tu ? demanda Irina.

Indy se mordit les lèvres.

— Tu sais que je ne peux pas te le dire, dit-il. Faites-moi confiance.

Irina et Sergueï le regardèrent, soupçonneux. Sergueï préparait son discours depuis des jours.

— Eh ! demanda Indy. On est amis ?

Sergueï sourit. Chaleureux et spontané, il avait aimé Indy dès leur première rencontre, sous un porche où ils s'étaient abrités d'un orage. Indy avait fait passer le temps en racontant ses souvenirs de la révolution mexicaine avec Pancho Villa.

— Bien sûr que nous sommes amis, dit-il.

— Alors, promets que tu n'iras pas ! insista Indy.

— Bon. Je promets, dit enfin Sergueï.

— Bien, dit Indy en souriant de soulagement. Je dois retourner au travail. A ce soir, à la Fosse aux Ours !

Il disparut dans la foule.

CHAPITRE 3

Cette nuit, c'est épuisé qu'Indy poussa la porte de la Fosse aux Ours et regarda la scène qui se déroulait devant ses yeux.

A chaque fois qu'il venait ici, il était émerveillé. C'est comme si toute la Russie avait été concentrée dans cette grande pièce enfumée. La Fosse aux Ours servait du thé, de la vodka et de la bière. Le thé infusait dans des samovars, de grosses urnes de cuivre étincelantes, couvertes de décorations.

Les serveurs portaient les traditionnelles blouses russes qui se boutonnent sur le côté. Ils se frayaient un chemin entre les consommateurs affamés, assoiffés et bruyants, leur apportant des bouteilles, des verres et des assiettes de saucisses fumantes.

Une grosse lanterne où était inscrit « La Fosse aux Ours » pendait du plafond. Les murs étaient entièrement couverts d'affiches appelant à soutenir tel ou tel parti ou à combattre tel ou tel ennemi.

Un vendeur miteux passait de table en table avec un tas de vieux vêtements. Un infirme sur sa chaise roulante mendiait. Il y avait un tel vacarme que l'on pouvait à peine penser, et encore moins apercevoir ses amis. Mais tandis qu'Indy scrutait la foule, une voix amicale l'appela.

— Eh, Indy ! cria une fille qui s'appelait Rosa. Viens prendre du thé, ils viennent de remplir le samovar !

Indy sourit et se dirigea vers la table. Rosa était étudiante en médecine et avait un visage agréable. Dimitri, le jeune homme maigre et famélique qui lui faisait face, se préparait à la prêtrise quand éclata la révolution.

Du temps du tsar, les popes étaient importants. La Russie était un pays très religieux. Mais maintenant, l'avenir de Dimitri semblait compromis. Pourtant, il continuait à suivre les cours au séminaire, espérant que la révolution n'était qu'un phénomène passager.

Rosa avait vu trop de souffrances à l'hôpital où elle

travaillait. Elle n'aimait pas la guerre, ni le tsar qui l'avait commencée. Mais contrairement à Sergueï et à Irina, elle ne pensait pas que la Russie devrait le remplacer par les bolcheviks.

Mais maintenant, Rosa ne pensait qu'à Indy. Son visage s'éclaira quand il s'assit entre elle et Dimitri. Elle admirait l'étendue des connaissances d'Indy sur le monde, l'histoire et la littérature. Quand elle lui empruntait un livre, elle le dévorait comme si c'était un repas qu'elle attendait depuis des mois.

Rosa tendit à Indy un livre qu'il lui avait prêté il y a trois jours. C'était un livre de H.G. Wells, le grand auteur de science-fiction qui avait écrit *la Machine à explorer le temps* et *la Guerre des mondes*. Mais comme beaucoup d'écrivains aujourd'hui, M. Wells écrivait sur le monde tel qu'il devrait être après la guerre.

— Merci beaucoup de m'avoir prêté *la Guerre et le Futur*, Indy, dit Rosa. C'est plein d'excellentes idées.

— Alors, tu penses que Wells a raison? Qu'il ne devrait y avoir qu'un seul gouvernement pour toute la planète? demanda Indy en souriant. Je ne suis pas certain d'être d'accord.

— Eh bien moi, si, dit Rosa. S'il n'y avait qu'un seul gouvernement, les pays ne se battraient pas entre eux sans arrêt. A quoi ça sert?

Dimitri se joignit à la conversation. Tout ce qu'il souhaitait, c'était revenir à l'époque, vieille de quelques mois seulement, où le tsar était encore sur le trône, les popes dans leurs églises et où tout le monde faisait ce qu'on lui disait de faire.

— Ecoute, Rosa, dit Dimitri. Tous ces écrivains, H.G. Wells, George Bernard Shaw, et même notre Maxime Gorki s'imaginent qu'ils savent comment faire le paradis sur terre. Mais ce n'est pas possible, parce que les gens ne sont pas parfaits.

— Pourquoi c'est impossible ? demanda Rosa. Tout est possible maintenant ! Le tsar est parti, la Russie est libre. Nous décidons de ce qui va se passer !

— Nous ne décidons pas ! protesta Dimitri. C'est Dieu qui décide. Et si vous essayez de forcer les gens à bâtir le paradis sur terre, vous n'obtiendrez que de terribles souffrances.

— Personne ne va forcer qui que ce soit à quoi que ce soit, dit Rosa. Le gouvernement provisoire va tenir des élections d'ici à un mois ou deux. Alors, le peuple pourra librement faire son choix sur le gouvernement qu'il souhaite.

— Si le gouvernement provisoire parvient à organiser des élections ! contra Dimitri.

— Bien sûr qu'il y arrivera, dit Rosa. Qui l'en empêcherait ?

Indy, tout comme Dimitri, n'était pas certain que les élections auraient lieu. Mais avant qu'il puisse répondre, Sergueï et Irina les avaient rejoints à leur table. Sergueï donna une grande claque sur le dos d'Indy.

— Alors, camarade espion ? dit-il joyeusement. J'ai suivi ton conseil. La foule au palais n'a pas eu l'honneur d'entendre mon discours. Au lieu de cela, Irina et moi nous sommes ennuyés à plier des tracts. J'espère que tu es content.

— Tu as fait le bon choix, Sergueï, dit Indy.

Indy n'aimait pas que Sergueï l'appelle un espion devant tant de gens, mais la seule chose qu'il pouvait faire, c'était de traiter la chose en plaisanterie. Il n'avait jamais dit à Sergueï qu'il était un espion, mais Sergueï l'avait deviné.

— Peut-être que ceci compensera ta déception, dit Indy.

Il fouilla dans ses poches et sortit de la nourriture qu'il avait « empruntée » à l'ambassade. On manquait de vivres à Saint-Pétersbourg ces jours-ci.

— Du beurre ! dit Irina en le saisissant. Nous n'en avons pas vu depuis des semaines !

— Et des brioches ! hurla Sergueï en embrassant Indy. Eh, espion, je t'aime !

Sergueï avala une brioche et la mastiqua avec entrain. Les autres l'imitèrent. Indy rit.

— Si l'ambassadeur de France savait qu'il nourrit une bande de révolutionnaires, il ferait une crise cardiaque! dit Indy.

En fait, seuls Irina et Serguëi étaient des révolutionnaires. Ils étaient convaincus que le bolchevisme était la seule voie pour la Russie.

Comme eux, Rosa était contente du départ du tsar. Mais elle voulait que le peuple puisse voter et décider lui-même de l'avenir de la Russie.

Quant à Dimitri, il rêvait chaque nuit du retour du tsar sur le trône et souhaitait que la Russie redevienne ce qu'elle avait été depuis un millénaire.

Mais le type de révolutionnaire qui aurait vraiment fait faire une crise cardiaque à l'ambassadeur entrait dans la Fosse aux Ours à l'instant même.

Boris était anarchiste. Il ne croyait à aucune sorte de gouvernement. Il pensait que les gens se débrouilleraient très bien tout seuls, sans que des officiels leur disent ce qu'ils devaient faire. Il était censé faire des études d'agronomie. Mais depuis que le tsar avait été renversé, il courait la ville jour et nuit, organisant des manifestations, prêchant l'anarchisme et, d'une manière générale, se fourvoyant dans des ennuis.

Grand et large, Boris avait une épaisse tignasse et un début de barbe. Il était très drôle; c'était excitant d'être près de lui, mais un peu dangereux. Ce soir, par exemple, il était couvert de sang et tenait à la main une grande bouteille de vodka. Ses amis se levèrent, inquiets. Boris se dirigea vers eux.

— Qu'est-ce qui s'est passé, Boris ? cria Rosa.

Elle fouilla dans son sac pour trouver quelque chose avec quoi essuyer le sang.

Mais Boris la repoussa.

— Ça va ! Ça va ! Tout va bien ! Regardez ! De la vodka ! Depuis quand on n'a pas bu de vodka ?

— Depuis hier soir, grogna Dimitri.

Rosa nettoyait la plaie sur le bras de Boris en se servant de la vodka comme désinfectant.

— Où étais-tu, Boris ? demanda Serguei.

— Selon toi ? répliqua l'anarchiste. J'attendais que tu fasses ton discours devant le palais Tauride ! Vous, les bolcheviks, vous êtes tous les mêmes, on ne peut pas compter sur vous. Nous, les anarchistes, nous sommes ponctuels !

Boris attrapa de la nourriture qu'Indy avait apportée et commença à l'engloutir.

— Qu'est-ce qui s'est passé ? demanda Irina.

— Une bande de soldats est arrivée, dit Boris. Ils ont commencé à arrêter les déserteurs ! Ils ont dit que les déserteurs pouvaient soit repartir au front, soit être fusillés tout de suite. Je vous le dis, il y avait du sang partout.

Irina et Sergueï savaient maintenant pourquoi Indy avait tant insisté pour que Sergueï n'aille pas prononcer son discours au palais Tauride.

Irina prit la main d'Indy.

— Comment vous, les espions, arrivez-vous à savoir tout ça ? demanda-t-elle.

— Allons, Irina ! dit Indy. Nous avons un accord, n'est-ce pas ? Tu ne me demandes pas ce qui se passe exactement à l'ambassade de France. Et je ne te demande pas ce qui se passe exactement au quartier général bolchevique. Nous sommes peut-être dans des camps opposés, mais nous sommes amis, n'est-ce pas ?

Rosa releva la tête du pansement qu'elle faisait à Boris. Elle était perplexe.

— Mais pourquoi t'es-tu battu avec les soldats, Boris ? demanda-t-elle. Tu n'es pas un déserteur.

Boris éclata de rire.

— Oh, je ne me suis pas blessé en me battant avec les soldats ! C'est cette fichue vitrine, à l'instant, quand j'ai volé la vodka !

Tout le monde éclata de rire. Boris saisit la bouteille des mains de Rosa.

— Arrête de gaspiller la vodka ! rugit-il. C'est pour notre fête !

Et comme tout le monde applaudissait, il but une grande lampée à la bouteille et se donna une claque sur le ventre. On allait s'amuser, cette nuit !

*
**

Plusieurs heures plus tard, Indy et ses compagnons quittèrent prestement le café en titubant sur le trottoir. La porte claqua derrière eux.

— C'est la quatrième fois en dix jours que nous sommes expulsés d'un café par la faute de Boris ! dit Rosa.

— On pourrait penser que les gens aimeraient une bonne discussion, pas vrai ? dit Boris.

Comme d'habitude, les amis d'Indy s'étaient engagés dans des discussions véhémentes avec tout le monde.

Etait-il juste qu'il y ait des riches et des pauvres ? Est-ce qu'un pays devait être capitaliste pour être prospère ? Devrait-on forcer les gens à partager leurs richesses s'ils ne le faisaient pas spontanément ? Est-ce que la démocratie pouvait marcher quand des millions de gens ne savaient même pas lire ? En fait, les amis parlaient de ce dont tout le monde parlait dans toute la ville.

— Oui, les gens aiment bien avoir une discussion

rationnelle, dit Dimitri, embarrassé. Mais Boris, pourquoi fallait-il que tu lances le samovar à la tête du patron ?

Boris ne l'écoutait pas. Il avait rouvert la porte du café et lançait quelques dernières invectives aux consommateurs.

— Ne nous sous-estimez pas, nous, les anarchistes, bande d'idiots ! Nous faisons une révolution, pas un goûter d'enfants.

Ils commencèrent à rentrer par une ruelle quand ils tombèrent sur un petit homme grassouillet, avec un chapeau melon. Il arpentait le trottoir en agitant furieusement les bras.

— La police ! Où est la police ? cria-t-il. Je suis Nicolas Bogoucharski, un citoyen respectable. Et je veux la police maintenant !

— Il n'y a plus de police, Nicolas Bogoucharski, dit Rosa. Nous nous en sommes débarrassés, comme du tsar. Vous ne vous souvenez pas ?

— Dans quel genre de pays sommes-nous sans police ? demanda Nicolas Bogoucharski. Qui va maintenir l'ordre ?

— Vous préféreriez que le tsar revienne ? demanda férocement Irina. Et que personne n'ait le droit de rien faire ?

— Qu'importe le tsar ! dit Bogoucharski. Qui va faire sortir ces femmes de là-dedans ?

— Quelles femmes? demanda Irina.

— Nous! cria une voix au-dessus de leurs têtes.

Indy et ses amis regardèrent un bâtiment de trois étages. Sur le mur de brique était inscrit : USINE DE CHEMISES ET DE BLOUSES BOGOUCHARSKI.

La porte d'entrée était barricadée. Mais des femmes se penchaient aux fenêtres. Elles étaient excitées et triomphantes. Beaucoup d'entres elles agitaient des chemises, des blouses et des pièces de tissu.

— Nous avons pris l'usine, Nicolas Bogoucharski, cria une femme. C'est la nôtre, maintenant!

— La tienne, Ekaterina Souvarova? cria Bogoucharski. Qui a travaillé pendant des années pour acheter les machines, payer les loyers, trouver des marchés pour les chemises? Cette usine est la mienne! Je ne vous ai jamais maltraitées. De quel droit me la prenez-vous?

— Nous sommes celles qui font les chemises! Et maintenant que le tsar est parti, qui va nous en empêcher? demanda Ekaterina.

Irina vit l'opportunité.

— Eh, laissez-moi entrer! cria-t-elle. J'ai des tracts de Lénine, je veux vous en donner!

— Qu'est-ce que Lénine va faire pour nous? Ekaterina était méfiante.

— Laissez-moi entrer et vous verrez! répondit Irina.

— Vous avez besoin de vous organiser si vous voulez survivre ! dit Sergueï. Irina vous aidera.

— Non, non, non ! hurla Boris. C'est la dernière chose que vous voulez ! Vous devez prendre vos propres décisions. Ne laissez pas des bolcheviks vous dire ce que vous devez faire !

— Je veux que l'on me rende mon usine tout de suite ! hurla M. Bogoucharski, emporté par la rage. Rosa et Indy échangèrent des sourires. Ils savaient tous les deux que la discussion se poursuivrait toute la nuit.

— C'est très intéressant, dit Rosa. Mais je suis de service à l'hôpital dans un quart d'heure. Je dois y aller.

— Moi aussi, dit Indy, résolu à ne pas être en retard demain. Je t'accompagne, c'est sur mon chemin.

— Merci, dit Rosa, tandis qu'une pile de chemises de nuit volait par une fenêtre et atterrissait sur la tête de Nicolas Bogoucharski.

La dernière chose qu'entendirent Indy et Rosa, alors qu'ils tournaient le coin de la rue, était la voix étouffée de l'industriel qui hurlait : « C'est un scandale ! Je ne le tolérerai pas ! »

CHAPITRE 4

Le lendemain matin, Indy ne se sentait pas en forme, après la fête de la veille. Il était assis, les yeux vitreux, à la grande table polie de la salle de conférences de l'ambassadeur.

C'était une partie de l'ambassade qu'il avait rarement l'occasion de visiter, les étages supérieurs. De grands tableaux étaient accrochés aux boiseries et d'épais tapis couvraient les planchers. Tout était de bon goût et bien rangé.

Indy se passa les doigts dans les cheveux, dans un effort pour accorder son apparence au décor du lieu. Ou, au moins, pour apparaître aussi élégant que Pierre Brossard. Brossard semblait toujours s'être arrêté chez le coiffeur et chez son tailleur avant d'arriver au travail. Indy avait envie de jeter quelques kilos de poussière sur les cheveux gominés de Brossard.

Une demi-douzaine de diplomates étaient assis autour de la table. Tous se levèrent quand entra l'ambassadeur. Il était en habit de cérémonie, avec l'écharpe et les décorations. Saluant de la tête, il leur fit signe de s'asseoir et aborda immédiatement l'ordre du jour.

— Messieurs, comme vous le savez, depuis que le tsar a été renversé, la Russie est dirigée par un gouvernement provisoire composé d'honnêtes gens. Ce gouvernement provisoire est décidé à tenir des élections afin que le peuple russe puisse décider lui-même de son avenir.

L'ambassadeur marqua une pause.

— Je reviens à l'instant d'une réunion avec le gouvernement. Je dois vous dire, dans la plus grande confidentialité, que je doute que le gouvernement tienne jusqu'aux élections.

Une onde de stupéfaction parcourut l'assistance, à l'exception de M. Laurentine et de ses deux jeunes espions. Ils le soupçonnaient depuis un certain temps.

— Le problème, c'est Lénine, dit le premier secrétaire. Depuis qu'il est rentré d'exil, il dit au peuple que le gouvernement provisoire ne vaut guère mieux que le tsar. Ce n'est tout simplement pas vrai. Nous craignons qu'il agite tant le peuple qu'il renverse le gouvernement avant que les élections n'aient lieu. Lénine et ses bolcheviks pourraient prendre le pouvoir! Les trois prochains mois sont cruciaux!

— Alexandre Kerenski, le ministre de la Guerre, pense que les bolcheviks tenteront un coup dans les deux prochaines semaines, dit l'ambassadeur. S'il parvient à savoir quand exactement, il pourra prendre des dispositions pour l'empêcher. Le gouvernement provisoire a un besoin vital de cette information.

Lançant à chacun un regard perçant, l'ambassadeur poursuivit :

— J'ai promis que l'ambassade de France ferait tout ce qu'elle peut pour aider. J'attends de vous que vous fassiez le maximum. Je n'ai pas besoin de vous rappeler à quel point il est important pour la France que le gouvernement provisoire ne soit pas renversé.

— Rappelez-vous, dit le premier secrétaire, les bolcheviks ont promis de retirer la Russie de la guerre. Des millions de soldats allemands pourront se porter vers le front des Alliés sur les champs de bataille en France, où ils pourraient nous écraser. Voilà l'enjeu de cette réunion.

— J'ajouterai qu'il y aura sûrement une promotion pour qui nous apportera l'information dont nous avons besoin, dit l'ambassadeur. Ou au moins une affectation plus intéressante.

Indy parvenait à peine à contenir son excitation. S'il arrivait à trouver la date du soulèvement communiste, il pourrait sortir de son sous-sol et prouver qu'il était l'agent de terrain qu'il savait être. Ses yeux croisèrent ceux de Brossard. Ils réalisèrent qu'ils pensaient exactement à la même chose.

Le soir tombait quand il arriva dans la maison qu'il partageait avec ses amis révolutionnaires. L'immense pièce à l'étage ressemblait à un campement de Bédouins. De grands édredons étaient suspendus au plafond pour diviser la pièce.

Indy s'était fait une espèce de tente avec un tapis turc. Un grand lustre pendait du plafond, mais il n'y avait plus de bougies, et il était couvert de poussière. Un lit à baldaquin trônait dans un coin de la pièce. C'était l'antre de Serguei et Irina.

Irina éminçait un chou à côté d'une vieille cuisi-

Au sous-sol de l'ambassade de France, Pierre Brossard (au centre) donne à M. Laurentine ses analyses sur le mouvement bolchevique. De son côté, Indy essaie de préparer son rapport.

Au café « La Fosse aux Ours », Indy partage des brioches et du beurre avec ses amis (de gauche à droite) Sergueï, Irina, Rosa et Dimitri, qui n'en avaient pas vu depuis des semaines.

Indy et Brossard écoutent attentivement l'ambassadeur de France (à gauche), qui promet un poste plus intéressant à celui qui découvrira ce que les bolcheviks sont en train de préparer. Où et quand ?

Dimitri et Boris regardent Indy,
qui est en train de battre Sergueï
aux échecs.

Irina embrasse Indy pour lui
souhaiter un bon anniversaire.

Lorsque Indy s'apprête à couper son gâteau d'anniversaire, Boris ne peut
s'empêcher de plaisanter sur le fait que c'est évidemment un capitaliste
qui coupe le gâteau !

Aux aciéries Poutilov, Irina encourage les travailleurs à se révolter contre le gouvernement provisoire.

Du haut de l'estrade, Lénine ameute les bolcheviks :
« Nous voulons la paix pour nos soldats, du pain pour
les travailleurs, la terre pour les paysans. »

Malgré les soldats postés sur les toits, Indy et Rosa
tentent de rejoindre les milliers de travailleurs
qui avancent inexorablement vers l'ambassade.

Le massacre commence. Indy (à gauche, avec un chapeau) se précipite sur Irina pour la protéger, alors qu'elle essaie de rejoindre Serguei qui est blessé.

nière. Sergueï, assis à table, peignait un nouveau slogan sur sa vieille bannière. Le slogan d'hier n'était plus à jour. Par terre, il y avait une affiche que Boris avait dessinée. Elle représentait un propriétaire terrien qui piétinait un paysan.

Boris était un bon dessinateur de scènes sanglantes. Qu'il dessine un propriétaire terrien cruel, un capitaliste insatiable ou un général sans cœur lançant ses hommes à la bataille, le méchant ressemblait toujours à Paul, l'oncle de Boris. Il avait un jour battu Boris avec un bâton pour avoir volé des pommes. Heureusement, l'oncle Paul vivait à la campagne, à des centaines de kilomètres.

S'il avait la mauvaise idée de se rendre à Saint-Pétersbourg, il serait certainement lynché sur-le-champ. Les affiches de Boris avaient convaincu tout le monde que Paul était l'homme le plus mauvais de toute la Russie.

Sergueï venait juste de finir sa bannière quand arriva Rosa.

— Salut! dit-elle. Indy est là?

— Il devrait, dit Irina en lançant des morceaux de chou dans une casserole. C'est son chou.

— Je peux t'aider? demanda Rosa.

— Tu peux éplucher la pomme de terre, dit Irina en souriant.

Il y avait une seule pomme de terre pour tous.

— A la réflexion, lave-la seulement. Nous ne pouvons pas gaspiller les épluchures. Nous la cuirons au four.

Tandis que Rosa s'occupait de la pomme de terre, Irina lui parla à voix basse.

— Tu devrais lui parler, tu sais. Cela ne sert à rien de se contenter de le regarder comme un veau.

— Qui ? demanda Rosa en refermant la porte du four.

Irina haussa les sourcils en regardant Rosa. Elle rougit et pouffa de rire. Il était difficile de cacher quelque chose à ses amis.

— Mais il se rend sûrement compte, dit Rosa. Il doit !

— Rosa, dit Irina. Une chose que tu dois comprendre, c'est que les hommes sont vraiment bêtes.

— A moins qu'ils ne soient de jeunes révolutionnaires libérés et éclairés comme moi, dit Sergueï.

— Surtout si ce sont de jeunes révolutionnaires libérés et éclairés ! dit Irina en lui lançant un torchon. Ce sont les plus bêtes de tous !

La porte s'ouvrit. Indy et Dimitri entrèrent.

— Eh ! Ça sent bon ! dit Indy en regardant la casserole. Voilà autre chose que l'ambassadeur ne mangera pas.

Il sortit une miche de pain de son sac. Irina était ravie.

— C'est parfait! dit-elle en la prenant des mains d'Indy et en la mettant de côté. Juste ce dont on a besoin!

— Super! dit Serguëi en débarrassant la table. Eh! Laisse-moi prendre une tartine!

— Non! dit Irina vigoureusement. Ce n'est pas pour tout de suite, on la garde pour plus tard.

— Plus tard? dit Serguëi. Mais c'est maintenant que j'ai faim!

— Allons, Serguëi! dit Irina en le regardant, l'air sévère.

— Ah oui! C'est ça, dit-il d'un ton peu convaincant. Je n'ai pas envie de manger maintenant. Je n'ai pas du tout envie de manger maintenant.

La conversation n'avait pas de sens pour Indy. Il était occupé à lire la bannière de Serguëi.

Irina sortit une assiette de harengs saurs.

— Allons, tout le monde, mangeons des harengs en attendant que cuise le ragoût! dit-elle. Cela devrait te calmer, Serguëi.

Serguëi saisit la chaise où Rosa allait s'asseoir à côté d'Indy. Irina lui donna un coup de pied. Il comprit enfin et alla prendre place de l'autre côté. A ce moment, Boris rentra et plaça sa chaise entre Rosa et Indy, tout en se jetant sur les harengs. Avoir la bouche pleine n'empêchait pas Boris de parler.

— Eh, les choses bougent vraiment, vous savez? Je n'ai jamais vu les gens aussi agités que depuis la chute du tsar.

Le sac de Boris tomba de la chaise, laissant échapper des tracts. Indy en ramassa un et le regarda distraitement.

— Un des prêtres au séminaire dit qu'il a entendu raconter que les bolcheviks allaient prendre le pouvoir dans les dix jours, dit Dimitri.

— Vraiment? dit Indy sans réfléchir. Tu sais quelque chose là-dessus, Serguéï?

— Eh! Camarade espion! Rappelle-toi notre pacte! dit Serguéï en lui donnant une claque pour rire.

Leurs regards se croisèrent. Indy n'avait pas oublié leur pacte, mais il devait absolument sortir de ce sous-sol.

Soudain, une explosion fit sursauter tout le monde.

— Qu'est-ce que c'est que ça? Une bombe? demanda Dimitri.

— Non, dit Rosa en montrant le four. J'ai oublié de piquer la pomme de terre avant de la mettre à cuire.

Tout le monde rit de soulagement.

Après le dîner, Indy et Serguéï jouèrent aux échecs. Boris et Dimitri se tenaient derrière eux et leur donnaient ce qu'ils pensaient être de bons conseils.

— Oh non, tu ne devrais pas faire ça, Indy! cria Boris. C'est un désastre, tu es fichu maintenant.

— Echec! dit Indy à Sergueï, en déplaçant son fou. De l'autre côté de la pièce, Rosa et Irina rangeaient la vaisselle.

— Je ne sais pas si je peux m'en tirer avec ça, chuchota Rosa.

— Bien sûr que si, dit Irina. Tu sais bien capter son attention.

— Je n'en suis pas sûre, dit Rosa tristement.

— Ecoute, Rosa, dit Irina. La clef du succès, c'est la confiance en soi. Tout ce que tu dois faire, c'est l'éloigner d'ici jusqu'à neuf heures.

— J'essaierai, soupira Rosa.

Il y eut un cri du côté des échecs.

— Mat! cria Indy.

— Cochon de capitaliste! hurla Sergueï. Comment as-tu fait ça?

Indy se contenta de sourire. Puis il se leva et se dirigea vers Rosa et Irina.

— Alors, mesdames, on complote?

— Vous, les hommes, vous êtes toujours soupçonneux! dit Irina. Je n'ai pas le temps de comploter. Je dois écrire un essai sur Charles Dickens cette nuit pour mon professeur, et un tract sur la réforme foncière pour mon patron de la section Agit-Prop des bolcheviks.

Elle ramassa ses livres et sortit en jetant un regard complice à Rosa. Rosa respira un grand coup et prit son courage à deux mains...

— Indy, il y a un récital Mozart au Conservatoire ce soir, dit Rosa nerveusement. Ils jouent le *Concerto pour clarinette*, et je me demandais...

— Le *Concerto pour clarinette*? s'exclama Indy, ravi. Rosa, tu connais le chemin de mon cœur! On y va?

— Oui, dit-elle, rayonnante. Oui, j'aimerais tant!

Rosa soupira de soulagement. Elle avait réussi. Non seulement elle avait eu le courage d'inviter Indy à sortir avec elle, mais elle avait aussi apporté sa contribution au plan d'Irina.

Indy ne remarqua pas le sourire de Rosa. Il était occupé à étudier le tract qui était tombé du sac de Boris. Cela lui donna une idée.

— Ecoute, Rosa, dit-il. J'ai quelque chose à faire, d'abord. Je te retrouve au Conservatoire dans une heure.

— Formidable, dit Rosa, les yeux brillants.

Indy était déjà sorti et dévalait les escaliers. Il avait eu une idée géniale.

CHAPITRE 5

Pendant la demi-heure qui suivit, Indy parcourut les rues de Saint-Pétersbourg, regardant les affiches, rentrant dans les cafés pour vérifier les tableaux d'affichage. Il récupéra des affiches quand c'était possible, les recopia sur un calepin quand ce ne l'était pas.

D'habitude, il essayait d'éviter les gens qui lui tendaient des tracts. Aujourd'hui, il les acceptait avec joie, ceux qui annonçaient les prochaines manifestations, et les enfournait dans sa poche. Chargé de cet étrange butin, il franchit, d'un pas pressé, la grille de l'ambassade.

Quelques instants plus tard, il était à son bureau,

empilant sa collecte selon les dates et les lieux de l'événement. Soudain, il prit conscience qu'une ombre de l'autre côté de la pièce l'observait. Il sursauta, puis se rassit, se sentant un peu bête. Ce n'était que Brossard.

— On fait des heures supplémentaires, capitaine ? dit Brossard, amusé d'avoir causé une frayeur à Indy.

— Je suppose que vous n'êtes pas encore rentré chez vous ? dit Indy, sombre.

— Bien sûr que non, répondit Brossard. Je vais découvrir quand les bolcheviks prévoient de lancer leur révolte et obtenir cette promotion. Rentrer tôt est hors de question pour le moment, si je veux réussir. Et je réussirai : vous pouvez en être sûr.

Indy grinça des dents et se remit au travail. Il sortit un calendrier et commença à cocher des dates et à les comparer au tas de tracts. Brochard l'observa un moment, puis retourna à ses étagères.

Une demi-heure plus tard, à huit heures et demie, Indy attendait devant le Conservatoire.

— Je suis désolée d'être en retard, Indy, dit Rosa, essoufflée, en traversant le square. Je...

Elle s'arrêta, constatant qu'il y avait quelque chose d'anormal. Le bâtiment était fermé et dans le noir.

— Le concert a été annulé, dit Indy tristement. L'orchestre a été envoyé au front pour distraire les troupes.

— Oh! C'est affreux! gémit Rosa. Je suis vraiment désolée, Indy.

Non seulement elle n'allait pas entendre Mozart, mais le complot était compromis. Elle devait éloigner Indy de l'appartement jusqu'à neuf heures. Autrement, c'était la catastrophe!

— Ce n'est pas grave, dit Indy. En fait, je suis fatigué. J'ai parcouru toute la ville, et j'aimerais bien me coucher tôt.

Les mâchoires de Rosa se crispèrent. C'était terrible. Il fallait trouver quelque chose rapidement.

— Bien! dit-elle. Mais d'abord, il y a quelque chose près d'ici que je veux absolument te montrer!

— Un autre soir, Rosa, dit Indy fermement. Je veux rentrer à la maison.

— Non, j'insiste, dit Rosa, stimulée par le désespoir. Tu adoreras. C'est juste au coin de la rue.

Elle prit la main d'Indy et l'entraîna. Après quelques minutes, ils étaient devant un petit pont en dos d'âne.

— Voilà! dit Rosa. Ce n'est pas beau?

Indy regarda le pont. C'était un joli petit pont, mais ce n'était qu'un pont.

— Oui, il est bien! dit-il poliment. Il est vraiment joli. Merci de me l'avoir montré. Bon, je dois y aller, maintenant.

— Il y a des centaines de ponts à Saint-Pétersbourg, Indy, dit Rosa avec enthousiasme. Tous différents, et pourtant tous se ressemblent! Ils font aussi partie du charme de cette ville!

— Je pense bien, dit Indy, en imaginant comme il serait bon d'enlever ses bottes et de se mettre au lit.

— Il y en a des courts, des étroits, en pierre, en bois, des droits, en dos d'âne. Tous les genres de ponts que tu peux imaginer.

— C'est merveilleux, dit Indy.

Mais comme il se dirigeait vers la maison, Rosa lui saisit le bras.

— Tu vois, quand Pierre le Grand décida de construire la ville en 1703, il n'y avait que des îles sur la Néva, dit-elle. Cent cinq, pour être précise. Il réunit les meilleurs architectes d'Europe pour construire les plus beaux bâtiments de Russie. Et il relia les îles avec plus de sept cents ponts! A l'époque, c'était un véritable exploit!

— Je ne l'oublierai pas, Rosa, dit Indy, se préparant à repartir.

— Tu pars dans la mauvaise direction, dit Rosa. Il y a un raccourci par cette ruelle.

— Tu es sûre ? dit Indy soupçonneux.

Cela ne lui semblait pas du tout dans la bonne direction.

— Bien sûr que je suis certaine, dit Rosa. Je suis née à Saint-Pétersbourg. Et si nous rentrons par là, nous passerons sur un pont où il y a quatre griffons dorés. Ils sont magnifiques !

A neuf heures moins dix, ils étaient à côté d'un autre pont. Rosa était encore plus enthousiaste à propos de celui-là.

— Tu vois les tourelles ? Très peu de ponts ont de telles tourelles. Elles sont tellement pittoresques. Pierre le Grand dormait dans une hutte en bois quand il faisait construire la ville. Il voulait superviser chaque détail. C'était toujours un marais sauvage ici. Deux de ses gardes ont été dévorés par les loups aux grilles de son palais en 1725 !

— Rosa, tu es sûre que c'est bien la route de la maison ? demanda Indy.

— Non, je me suis trompée, dit Rosa gaiement. C'est par là. En plus, nous passerons sur un pont avec des rambardes en fer forgé extraordinaires !

Indy avait été élevé en gentleman, surtout avec les femmes. Mais il envisageait sérieusement de prendre Rosa et de la jeter du haut d'un de ces ponts qu'elle adorait, tant il avait envie de rentrer.

**
*

A neuf heures et quart, Indy et Rosa franchissaient le sixième pont.

— Tu sais, tu devrais écrire un livre sur les ponts de Saint-Pétersbourg, dit Rosa. Je pourrais même t'aider si tu y tiens.

— Je ne veux pas écrire un livre sur les ponts de Saint-Pétersbourg, Rosa, dit Indy. Je veux rentrer chez moi ! Je suis sûr que si nous passons par cette rue, nous serons de retour en cinq minutes. Prenons mon itinéraire pour une fois, hein ! Tu sais, je n'ai pas tellement envie de passer la nuit dehors !

Rosa regarda sa montre, puis fouilla dans ses poches.

— Oh non ! cria-t-elle. Mon porte-monnaie !

— Quoi ? dit Indy, au désespoir. Tu as perdu ton porte-monnaie ?

— C'est tellement bête, dit Rosa. Je crois que je sais où je l'ai perdu.

— Et c'est où, Rosa ? dit Indy, se contrôlant à grand-peine.

Même Rosa était embarrassée par ce qu'elle allait dire.

— Près du Conservatoire, avoua-t-elle.

— D'où nous sommes partis ? dit Indy sèchement.

Il avait de plus en plus de mal à se maîtriser.

— Oui, dit Rosa.

Indy respira un grand coup, ne dit rien et fit demi-tour.

A neuf heures et demie, ils arrivèrent enfin au Conservatoire. Il faisait encore jour. Saint-Pétersbourg est tellement au nord qu'en été le soleil semble ne jamais se coucher.

Rosa se pencha et fit semblant de ramasser quelque chose.

— Mon porte-monnaie ! s'exclama-t-elle.

Avant qu'Indy ne puisse réagir, Boris et Dimitri apparurent avec une nonchalance très élaborée.

— Indy ! Rosa ! dit Boris. Quelle coïncidence !

— Comment était le concert ? demanda Dimitri.

— Il a été annulé, dit Rosa en roulant des yeux à l'adresse de Boris et de Dimitri. J'ai montré les ponts de la ville à Indy depuis une heure.

Boris était aussi sensible et délicat qu'à son habitude.

— Pauvre diable ! dit-il. Les ponts de Saint-Pétersbourg sont tellement ennuyeux !

Indy essaya d'être poli.

— Eh bien, mon ami! dit Boris en mettant un bras autour des épaules d'Indy. Il est temps de rentrer à la maison, hein?

— Oui, dit Indy.

Il avait l'impression qu'il allait exploser.

— Je... pensais tout à fait la même chose.

Peu après neuf heures et demie, Indy, Rosa, Boris et Dimitri grimpaient les escaliers de leur maison. Indy fit un effort pour escalader les dernières marches. Encore douze marches et il allait pouvoir s'écrouler sur son lit. Il trouva la poignée de la porte et ouvrit.

— Surprise! cria une douzaine de voix. Bon anniversaire, Indy!

La pièce était pleine de gens : Sergueï, Irina, les habitués de la Fosse aux Ours... Tous les gens qu'Indy avait rencontrés depuis son arrivée en Russie. Il y avait des guirlandes aux murs et une bannière, avec le nom d'Indy dessus, pendait du lustre. La grande table était couverte de victuailles.

Indy resta debout et regarda tout autour de lui, puis il fit un grand sourire. Il avait complètement oublié que c'était son anniversaire. Indy avait dix-huit ans!

— Nous t'avons bien eu, hein ? dit Irina en l'embrassant.

— Mais comment avez-vous su ? demanda Indy, ému par tant de gentillesse.

— Tes papiers, dit Rosa en l'embrassant. Tu les a laissés là un jour, on n'a pas pu s'empêcher de regarder.

— C'est pourquoi tu m'as promené dans toute la ville pendant plus d'une heure ? dit Indy à Rosa en la grondant du doigt.

— Bien sûr, dit Boris. Nous devions bien t'éloigner de la maison d'une manière ou d'une autre !

Indy se mit à rire.

Très vite, la fête battit son plein. L'accordéoniste de la Fosse aux Ours faisait danser tout le monde au son d'airs russes entraînants. Indy se joignit à la danse, accroupi, les bras repliés, une toque de fourrure sur la tête. Il allait tomber à la renverse quand Serguëi le secourut.

— Eh, Indy ! Arrête de nous montrer ton jeu de jambes et viens couper le gâteau ! Nous avons tous faim.

— Un gâteau ? dit Indy, étonné.

Il savait à quel point la nourriture manquait en ville.

— Certainement, un gâteau, dit Irina, en s'avançant fièrement avec la miche de pain qu'Indy avait apportée tout à l'heure.

Il était maintenant glacé au sucre et une bougie était plantée au milieu. Indy rit quand il reconnut la miche de pain.

— C'est un gâteau révolutionnaire, annonça Irina. Plus d'ingéniosité que de raisins !

Tout le monde applaudit quand Irina posa le gâteau sur la table et Indy se prépara à le couper. Toute l'assistance se rassembla pour regarder. Boris, comme d'habitude, ne put s'empêcher de dire une plaisanterie politique.

— C'est typique, dit-il joyeusement. S'il y a un gâteau, qui le partage ? Le capitaliste !

Tous éclatèrent de rire, y compris Indy, mais Dimitri avait peur qu'Indy soit offensé.

— Indy ne coupe pas le gâteau parce qu'il est capitaliste, Boris ! protesta-t-il. Il le coupe parce que c'est son anniversaire.

Sergueï ne put s'empêcher de se joindre à la plaisanterie et il arracha le couteau des mains d'Indy.

— C'était comme ça dans le temps, Dimitri. Tout dépendait de la naissance. Pas seulement quand on était né, mais dans quelle sorte de famille on naissait !

Irina prit le couteau de Sergueï et coupa une grosse part.

— Si tu naissais noble, tu en avais une comme ça, dit-elle. Si tu étais paysan...

— Ou ouvrier... ajouta Sergueï.

— Tu en avais une comme ça, dit Irina en coupant une toute petite part. C'est comme ça que les choses se passaient en Russie depuis le Moyen Age, ajouta-t-elle gravement.

— Et maintenant le tsar est parti, dit Sergueï avec satisfaction, et nous en avons fini !

— Et tant mieux ! dit Indy en reprenant le couteau. Parce que maintenant vous avez une chance de devenir riches comme en Amérique. Nous sommes capitalistes en Amérique, et nous n'en avons pas honte. Quiconque est assez malin peut inventer quelque chose, construire une usine pour le fabriquer, et le vendre aussi cher qu'il peut, personne ne va essayer de l'en empêcher et personne ne va essayer de lui prendre son argent.

Il désigna la grosse part de gâteau coupée par Irina pour les aristocrates.

— Le gars qui fait le gâteau obtient cette belle grosse part !

Sergueï arracha le couteau des mains d'Indy. Il était emporté par la discussion, maintenant.

— Et les ouvriers qui ont fait cuire le gâteau

55

n'obtiennent que des parts minuscules ! Ce n'est pas juste ! dit-il. Alors, le moyen de rendre la justice, c'est...

Rosa se décida à intervenir. Elle prit le couteau et termina la phrase de Sergueï.

— Le moyen de rendre la justice, c'est le socialisme, dit-elle. Parce qu'alors le capitaliste a le droit de faire le gâteau, mais le gouvernement s'assure qu'il le partage équitablement avec les travailleurs !

Elle traça sur le glaçage des parts bien égales.

— Cela ne marchera pas, Rosa, dit Irina en secouant la tête. Les capitalistes sont trop malins pour ça. Ils arriveront toujours à tricher et à prendre plus que leurs justes parts. La seule solution, c'est que le gouvernement contrôle tout, qu'il réunisse les ingrédients, qu'il construise l'usine à gâteau et qu'il le partage avec tout le monde.

Pour appuyer ses dires, Irina coupa le gâteau selon le tracé de Rosa.

— C'est ça, le communisme, dit-elle.

— Et ça, c'est l'anarchie en action ! dit Boris en attrapant plusieurs parts et en les enfournant dans sa bouche.

Indy rit et mordit dans sa part de gâteau. Il était bon, non pas à cause des ingrédients, de sa cuisson ou de son prix, mais à cause des amis qui le lui avaient offert. La politique n'avait pas d'importance. Ce qui comptait, c'était l'amitié. Il leva son verre.

— A l'amitié! dit Indy.

Tout le monde leva son verre.

— A l'amitié!

Rosa rassembla son courage et fit quelque chose qu'elle attendait de faire depuis des semaines. Elle embrassa Indy sur la joue.

— Parce que c'est ton anniversaire, dit-elle à Indy, qui la regardait, surpris.

— Merci, dit-il en rougissant.

Est-ce que Rosa était amoureuse de lui? Non, se dit-il. C'était une idée ridicule. Elle était seulement amicale.

— A notre ami Indy, dit Irina en lançant un toast.

Tout le monde applaudit. Irina fit le silence.

— C'est le moment où, si nous étions riches, nous donnerions à notre ami un cadeau somptueux. Mais comme nous ne sommes pas riches, continua Irina, et qu'en fait aucun d'entre nous n'a d'argent du tout...

— La suite! La suite! crièrent les autres.

— ... Nous allons lui donner quelque chose de mieux. Nous allons l'emmener voir l'histoire se dérouler devant ses yeux! dit Irina.

Il y eut un silence perplexe. Indy se demanda ce qu'elle avait en tête.

— Viens, Indy, dit-elle en lui prenant la main.

— Allons-y !

CHAPITRE 6

Le manoir de Kechinskaïa avait appartenu autrefois
à une danseuse. Elle avait été une favorite du tsar.
Le manoir avait des chambres immenses, des salons
superbes, des balcons qui surplombaient le jardin,
et une grande salle de bal.

Avant la révolution, il y avait eu des fêtes somp-
tueuses à Kechinskaïa. Des danseurs, des acteurs,
des peintres, des auteurs de théâtre, le gratin de la
vieille Russie avait empli cette maison, riant, dan-
sant, buvant de grands vins, grignotant du caviar.
Mais à présent, la ballerine s'était enfuie et Kechinskaïa était le quartier général de la bande de
révolutionnaires les plus déterminés que le monde
ait connus : les bolcheviks.

Sous le tsar, les bolcheviks s'étaient exilés dans toute l'Europe ou au-delà pour éviter la prison ou la mort. Dès la chute du tsar, ils refluèrent vers la Russie. Les bolcheviks étaient des idéalistes à la mine grave. Ils voulaient reconstruire la Russie selon les théories de l'Allemand Karl Marx.

Indy et ses amis entrèrent dans le foyer du manoir de Kechinskaïa. Des valets en livrée avaient autrefois débarrassé des ducs et des comtes de leur haut-de-forme et de leur pelisse.

Maintenant, des centaines de gens ordinaires, en vêtement de toile, se bousculaient pour rentrer dans la salle de bal. Ils voulaient écouter l'homme qui allait transformer les idées de Karl Marx en réalité, Vladimir Ilich Lénine. Lénine était décidé à faire de la Russie le premier Etat communiste du monde.

— Quand tu entendras Lénine, Indy, dit Sergueï, empli de fierté, alors tu sauras ce qu'est le communisme.

Sergueï prit le bras de son ami et le mena à travers la foule. Indy était soufflé par la splendeur du lieu qu'occupaient les bolcheviks. La pièce était entourée d'une colonnade dorée, des lustres étincelants pendaient du plafond. Les cristaux renvoyaient la lumière sur les visages d'hommes et de femmes qui n'auraient jamais pu mettre le pied ici sous l'ancien régime.

Quand Lénine grimpa sur l'estrade, les acclamations enthousiastes remplirent la salle.

Vladimir Ilich Lénine ne serait jamais devenu un grand meneur si l'apparence avait de l'importance. Il était petit, trapu, chauve, et ses yeux était tirés sur les côtés. Ce n'était pas non plus un orateur qui pouvait tenir son auditoire par la beauté de sa voix ou l'élégance de son vocabulaire.

Mais Lénine pouvait captiver son public parce que c'était un homme d'une force colossale, immensément intelligent et terriblement déterminé.

En l'observant, Indy se souvint que le grand frère de Lénine, Alexandre, avait été pendu à l'âge de dix-sept ans, l'âge d'Indy pratiquement, pour avoir tenté d'assassiner le tsar. Lénine avait douze ans à l'époque. Peut-être que ce souvenir l'avait aidé à supporter des années de misère et d'exil, en attendant le jour où il pourrait changer la Russie.

Quand le tsar était tombé, en février dernier, Lénine était en Suisse. Entre lui et la Russie, il y avait l'Allemagne. Il devenait fou de frustration. La révolution à laquelle il travaillait depuis des années se déroulait sans lui ! Contre toute probabilité, il persuada les Allemands de lui laisser traverser leur territoire dans un train blindé. Il était blindé pour empêcher Lénine de semer la révolte en Allemagne.

Il était arrivé à la gare de Finlande, à Saint-Pétersbourg, en avril. Une foule d'ouvriers russes lui fit un accueil extatique. Depuis, Lénine les abreuvait sans relâche de ses idées pour une Russie nouvelle. Ils pouvaient la changer s'ils y étaient déterminés.

— Camarades! dit Lénine en fourrant ses mains dans les poches de son gilet. Une question : combien de jeunes gens doivent encore mourir à la guerre avant que les capitalistes qui l'ont commencée soient satisfaits? Avant qu'elle ne les ait suffisamment enrichis?

Un murmure d'approbation parcourut la salle. Presque tous les gens avait de la famille au front. Beaucoup d'entre eux y avaient été eux-mêmes. Quasiment personne ne savait pourquoi le tsar avait entraîné la Russie dans la guerre. Et très peu d'entre eux comprenaient pourquoi le gouvernement provisoire et Kerenski insistaient pour que la Russie reste en guerre.

Kerenski affirmait que la Russie devait tenir sa promesse d'aider les Alliés, la France et l'Angleterre, à battre les Allemands. On devait pouvoir compter sur la nouvelle Russie. Mais Lénine leur disait que c'était faux. La vraie raison de la guerre, c'était l'argent.

— Qui profite des canons, des obus et des bombes

qui explosent sur l'Europe tous les jours ? demanda-t-il. Les soldats qui les tirent ? Bien sûr que non ! Ce sont les capitalistes qui les fabriquent et les vendent aux gouvernements ! Voilà la raison de cette guerre, le montant d'argent que les capitalistes vont pouvoir en tirer avant qu'elle ne se termine !

Un murmure de colère parcourut la foule. Ils avaient vu ces gens riches, bien nourris, parcourir les rues dans leurs carrosses. Et pendant ce temps-là, les ouvriers dormaient sur le sol des usines parce qu'ils étaient trop pauvres pour se payer une chambre. Et maintenant, c'étaient les ouvriers qui devaient faire la guerre pour que les riches s'enrichissent encore plus !

— Combien de morts avant qu'ils ne soient repus ? répéta Lénine. Dix mille ? Cinquante mille ? Un million ? Deux millions ?

Sa voix rugissait dans la salle.

— Je dis AUCUN ! Je dis : arrêtez la guerre MAINTENANT !

La salle acclama. Même Indy eut du mal à ne pas participer. Il avait connu les horreurs de la guerre, la boue et le sang, les batailles qui duraient des mois pour gagner quelques centaines de mètres de terre calcinée. Pourquoi ?

Lénine continua.

— Nos revendications sont simples, dit-il. La Paix pour nos soldats ! Du Pain pour les travailleurs ! La Terre pour les paysans ! Et tout de suite !

Une vague d'applaudissements souleva la salle. Lénine leva la main pour obtenir le silence.

— Mais ce n'est qu'un début, dit Lénine. Quand nous aurons pris le pouvoir, nous transformerons radicalement la nation en quelque chose que le monde n'a jamais vu ! Avec le communisme, la Russie sera gouvernée par le peuple, réuni dans une armée populaire. Le peuple dirigera lui-même ses affaires ! Nous aurons un Etat dirigé par des travailleurs, la dictature du prolétariat !

Une nouvelle vague d'acclamations emplit la salle, s'apaisant doucement lorsque Lénine poursuivit sur un autre ton. Il semblait à Indy que Lénine avait une vision romantique d'un pays juste et bon, tel que le monde n'en avait jamais vu.

— Et un jour, je prévois, dit-il, que la Russie deviendra une société si parfaite que l'Etat lui-même disparaîtra. Il n'y aura plus besoin de police, d'armée ni de bureaucrates ! Tout le monde partagera ce qu'il a avec tous. Le peuple pourra travailler libre. Il n'y aura plus de riches ni de pauvres, ni oppresseurs ni opprimés. Il y aura l'harmonie. C'est ça, le communisme.

Indy était impressionné. Cela semblait fantastique !

— Qu'est-ce que proposent Kerenski et le gouvernement provisoire ?

Il marqua une pause.

— Un capitalisme avec des chaînes moins lourdes pour les travailleurs ! Il ne peut pas y avoir de compromis avec cette escroquerie ! Voilà, dit Lénine, le message que nous devons répéter dans chaque usine, dans chaque caserne, dans chaque village en Russie. La Paix ! Du Pain ! La Terre ! Répétez-le jusqu'à ce que toute la Russie se lève pour l'exiger. Et alors… alors… nous conduirons le prolétariat à la victoire !

Les acclamations redoublèrent. Les hommes lançaient leurs chapeaux en l'air. Plusieurs chapeaux restèrent accrochés, comme des trophées, aux lustres de la ballerine.

— Alors, Indy, dit Irina en le serrant dans ses bras, bon anniversaire !

Indy l'embrassa à son tour. Elle avait raison. C'était vraiment l'histoire qui se déroulait sous ses yeux. Il était vraiment certain que Lénine allait transformer le monde. En bien ou en mal, c'était trop tôt pour le dire.

Tandis que la foule sortait de la salle de bal, Indy cherchait Serguéï. Il l'aperçut qui parlait avec un homme qui portait une casquette noire. Il entendait mal ce qu'ils disaient, mais il saisit quelques mots.

— Pas encore, je te dis! insista l'homme à la casquette noire. Il l'a dit!

Indy se demandait qui avait dit quoi. Cela lui semblait important, il ouvrit ses oreilles.

— Il a tort! dit Sergueï, très agité. Les soldats battent en retraite sur le front! C'est le moment! Mais l'homme n'avait pas l'air convaincu.

— Non! Le moment est...

Indy n'entendit pas la suite.

Puis l'homme dit :

— Si on rate maintenant, on perd tout!

Juste au moment où Indy réalisait que c'était important, il sentit une main sur son bras.

— Viens, Indy, dit Irina. Sortons de cette foule.

— D'accord, dit-il. J'ai besoin de rentrer à la maison et de dormir. Mais merci. C'est l'anniversaire le plus intéressant que j'aie jamais fêté.

Mais tandis que la foule se déversait dans la nuit, Indy avait autre chose en tête. Comment pouvait-il utiliser ce qu'il avait entendu? Est-ce que les paroles de Sergueï pouvaient le sortir du sous-sol de l'ambassade?

CHAPITRE 7

Indy pouvait penser à une heure et se réveiller tout seul à ce moment précis. Il s'endormit dès que sa tête toucha l'oreiller et, à deux heures et demie, il ouvrit les yeux.

Après quelques heures de sommeil seulement, Indy n'avait vraiment pas envie de sortir. Mais après avoir entendu le discours de Lénine et la conversation de Sergueï, il savait qu'il ne lui restait pas beaucoup de temps. Les bolcheviks se préparaient à passer à l'action. Pour savoir ce dont il avait besoin, il devait prendre des risques. Tout de suite.

Silencieusement, Indy se glissa dans ses vêtements et sortit, les bottes à la main. Il ne pouvait pas se permettre de réveiller ses amis. Il tourna sans bruit la poignée de la porte. Puis il descendit les escaliers sur la pointe des pieds, et s'assit sur les marches dehors pour enfiler ses bottes. Cinq minutes plus tard, il disparut dans la nuit.

*
**

Les rues étaient désertes. Aucune lumière n'était allumée et il n'y avait pas un bruit. La rue, qui était désertée la nuit, était bordée d'ateliers, de petites usines. Indy se glissa dans l'ombre.

Il s'arrêta et regarda autour de lui. Elles étaient là, les Imprimeries du Peuple. Le nom était peint à la peinture rouge sur le fronton du bâtiment.

Se détournant de la porte d'entrée, Indy longea le bâtiment jusqu'à une allée étroite et sombre. Il regarda de part et d'autre : personne. Sûr qu'il n'avait pas été suivi, il s'engagea dans l'allée. Puis il escalada le mur qui donnait sur un terrain vague derrière l'imprimerie.

Du verre crissa sous ses semelles quand il sauta dans le terrain vague. Il s'immobilisa contre le mur : rien ne bougea. Enjambant les débris, il se dirigea vers le bâtiment. En longeant le mur de l'imprimerie, il trouva une fenêtre et jura en silence. Il y avait des barreaux !

Mais Indy ne pouvait plus renoncer à cause d'un tel obstacle. Il sortit son couteau et ficha de toutes ses forces la lame entre les briques qui scellaient les barreaux. Il avait peur de casser la lame, mais, à son grand plaisir, les joints s'effritaient facilement.

Se servant de son couteau comme d'un levier, il délogea une première brique. La seconde vint facilement. En quelques minutes, il arriva à enlever non pas les barreaux, mais toute la fenêtre. Il se hissa par la fenêtre et se laissa tomber sans bruit à l'intérieur.

Indy se figea. Et s'il y avait des chiens de garde ? Ils le dévoreraient ! Mais s'il y avait des chiens, il les aurait entendus aboyer depuis longtemps. Il n'y avait personne à l'Imprimerie du Peuple, à part Indiana Jones !

Indy était content du raisonnement qui l'avait conduit ici. Si les bolcheviks voulaient commencer une révolte en lançant dans les rues des dizaines de milliers de personnes, ils devraient distribuer des dizaines de milliers de tracts avec les dates, les lieux et l'heure des rassemblements.

Tous les tracts qu'il avait réunis jusqu'à présent suggéraient que les choses avançaient. Mais évidemment, les bolcheviks gardaient secrètes ces informations cruciales jusqu'à la dernière minute.

En revanche, ils devaient être prêts. Et l'imprimerie était l'endroit logique où trouver les tracts avec les renseignements dont il avait besoin.

Indy fouilla dans sa poche, et sortit une boîte d'allumettes et une bougie. Il avait conscience que c'était dangereux, mais il n'avait pas le choix. Une presse gigantesque et sinistre sortit de l'ombre. Des piles de tracts et d'affiches étaient stockées sur des tables, à côté de la presse.

Se forçant à ne pas se précipiter, Indy inspecta méthodiquement toutes les piles, regardant attentivement s'il y avait dessus les renseignements qu'il cherchait. La plupart des papiers étaient de la routine, des cartes du Parti, de la propagande sur la Paix, le Pain, la Terre. Il empocha tout ce qui lui semblait présenter un intérêt. Puis il prit un tract qui lui coupa le souffle.

— Ouvriers et paysans, traduisit-il du russe en silence. Le moment est venu pour le peuple de frapper sans pitié et de faire tomber Kerenski et ses bourreaux dans la poussière de l'histoire. Nous nous rassemblerons le... et nous marcherons sur le palais Tauride à...

La date et l'heure avait été laissées en blanc! De toute évidence, c'était un exemplaire incomplet du tract qu'il cherchait. Y avait-il un exemplaire complet ? Un qui donnait la date et l'heure exacte de la révolte bolchevique ? Il devait absolument le trouver !

Il continua à fouiller dans les piles de papiers sur les étagères à côté de la presse. Ses doigts étaient noirs d'encre d'imprimerie. Quelque part dans ces piles de papiers, il y avait sa récompense. Il en était certain ! Il posa la bougie sur la presse et continua à fouiller des deux mains.

Soudain, la porte d'entrée de l'imprimerie s'ouvrit avec un grand bruit. Le cœur d'Indy se figea, il souffla la bougie tandis que la lumière s'alluma.

Deux hommes armés de fusils entrèrent dans la pièce. Indy ne pouvait pas les voir, il y avait des presses entre eux et lui, mais il les entendait distinctement. Surtout le bruit des fusils qu'ils tenaient à la main.

— Tu vois ! dit le premier. Je t'avais bien dit qu'il n'y avait personne.

Indy se glissa sous une des presses en essayant de cacher ses jambes, qui dépassaient.

— Je suis certain d'avoir vu une lumière, camarade, dit le second.

— C'est ton imagination, dit le premier, impassible. Mais tandis qu'il marchait dans l'allée entre le mur et les machines, il vit la bougie qu'Indy avait laissée sur une presse.

— Regarde ! dit-il. La cire est encore chaude. Il y a quelqu'un ici ! Tu prends cette allée et moi celle-ci. Et tire à vue !

Les pieds d'Indy dépassaient de sa cachette et semblaient dire : « Je suis ici, venez me chercher ! » Tandis qu'il se contorsionnait pour cacher ses pieds, il heurta du coude une manette sur la presse. La machine se mit en marche et commença à cracher des tracts.

Les bolcheviks se précipitèrent vers le bruit et se mirent à tirer. Indy bondit hors de sa cachette et se rua vers le fond de l'imprimerie.

Les deux hommes se mirent à sa poursuite. Des balles ricochèrent sur les machines. Indy courut désespérément vers la fenêtre. Il l'atteignit enfin et, d'un bond prodigieux, disparut dans la nuit.

Mais il n'eut pas de répit. Les deux bolcheviks le poursuivaient à travers les rues et les allées. Les coups de feu résonnaient dans la nuit. Les balles arrachaient des éclats de pierre et de brique aux murs.

Puis Indy sentit une douleur brûlante au cou. Il était touché ! Mais il continua de courir. Quand il porta la main à son cou, il constata que ce n'était qu'un éclat de pierre. Ce n'était pas passé loin.

Il franchit un pont en dos d'âne. Grâce aux leçons

de Rosa, il connaissait bien la ville. Une balle siffla près de sa tête. Il plongea à droite et descendit une longue rue toute droite qui menait à l'ambassade. Il savait qu'il faisait une cible idéale. Il n'y avait pas d'ombre où se dissimuler. Il entendit les deux hommes qui accouraient au coin de la rue, puis les coups de feu.

Il se concentra sur l'ambassade. L'atteindre ! L'atteindre ! L'atteindre ! Ses jambes semblaient courir toutes seules. L'atteindre ! Un éclat de brique vola et le toucha à l'épaule, il ne le sentit même pas. Enfin, il arrivait au square bordé d'arbres de l'ambassade.

Haletant, il arriva à la grille et fit sonner la cloche à la volée. Finalement, une lumière s'alluma à l'ambassade. Il entendait les bolcheviks qui criaient derrière lui tandis qu'ils déboulaient vers le square. Il se pendit à la cloche.

Lentement, très lentement, la porte s'ouvrit et l'officier de garde scruta la nuit.

— Vite ! C'est moi, le capitaine Défense ! cria Indy. L'officier de garde s'approcha de la grille et le regarda.

— Qu'est-ce qu'il y a ? dit-il.

— Ouvrez la grille ! hurla Indy.

Enfin, l'officier de garde ouvrit la grille juste au

moment où les bolcheviks arrivaient sur le square. Indy plongea en bousculant l'officier, grimpa les escaliers de l'ambassade et se rua à l'intérieur. Il glissa sur le sol de marbre du foyer, des tracts tombant de sa poche.

Il y était arrivé!

CHAPITRE 8

L'officier de garde insista pour rédiger un rapport sur l'arrivée inhabituelle d'Indy. En regardant avec quelle lenteur il mettait les points sur les « i », Indy se dit qu'il avait de la chance d'être encore en vie. Trente secondes de plus à la grille et Indy était expédié *ad patres*.

Finalement, l'officier de garde, satisfait que les formalités soient accomplies, retourna dans sa guérite. Indy ramassa les tracts éparpillés et descendit vers son bureau. Il s'arrêta.

Un rai de lumière filtrait sous la porte. Quelqu'un était là. Quelqu'un qui savait où il avait été cette nuit. Quelqu'un qui l'attendait…

Indy remit les tracts dans sa poche, s'approcha de la porte sur la pointe des pieds et s'accroupit. Il tourna la poignée de la porte et l'entrebâilla de quelques centimètres. Puis il ouvrit la porte en grand et plongea à l'intérieur.

Pierre Brossard le regarda de son bureau et sourit poliment.

— Ah, capitaine ! C'est gentil de me rendre visite à cette heure-ci.

— Vous ne rentrez jamais chez vous ? demanda Indy.

Se sentant complètement idiot, Indy se releva en s'époussetant. Brossard le regarda un moment avec curiosité, puis se replongea dans ses papiers. Son bureau était couvert de notes manuscrites, de documents et de rapports.

Indy mit nonchalamment les mains dans ses poches, se comportant comme si plonger à plat ventre dans une pièce était sa manière habituelle d'arriver quelque part. Il contourna Brossard et se pencha par-dessus son épaule.

Brossard couvrit immédiatement de la main les papiers qu'il étudiait, comme un écolier qui ne veut pas que son voisin copie.

Juste pour l'embêter, Indy répéta les seuls mots qu'il avait pu lire avant que Brossard ne les cache.

— Les aciéries Poutilov, hein? demanda Indy, en s'asseyant de son côté du bureau. C'est votre meilleure déduction jusqu'à présent?

Il ne savait pas si les aciéries Poutilov étaient importantes ou pas. Il voulait seulement faire croire à Brossard qu'il avait de l'avance sur lui. Mais ses mots firent mouche.

— C'est seulement la clef de tout l'édifice! dit Brossard.

Indy était intrigué maintenant. Peut-être qu'il y avait quelque chose qu'il devait savoir sur les aciéries Poutilov.

— Allons! dit Indy pour provoquer Brossard. Les aciéries Poutilov sont un complexe industriel parmi tant d'autres. Cela ne veut rien dire.

— Défense, dit Brossard, en colère, c'est la plus grosse concentration d'ouvriers de Saint-Pétersbourg. C'est le baromètre de toute la ville. Quand ces gens-là seront prêts, les bolcheviks frapperont.

— Je m'en souviendrai, dit Indy, malicieux, en retournant à son bureau.

Brossard réalisa qu'Indy l'avait incité à en dire plus qu'il n'aurait dû. Il retourna, renfrogné, à ses papiers. Indy mit ses pieds sur un coin du bureau, sortit les tracts de sa poche et étudia son calendrier, qui était maintenant couvert de notes.

Le jour se levait quand Indy rentra à la maison. Une fois de plus, il grimpa, épuisé, les escaliers. Il avait rapporté ses notes du bureau avec lui. Il ne voulait pas prendre le risque que Brossard les consulte. Il tenait son calendrier sous le bras.

Il s'engagea dans le couloir qui menait à sa porte et s'arrêta net. Il aperçut une silhouette : quelqu'un l'attendait à l'autre bout du couloir. Ils se regardèrent un instant sans rien dire.

— Salut, Indy! dit Rosa.

Le soulagement d'Indy tourna à la perplexité quand il s'assit à côté d'elle.

— Rosa, dit-il doucement. Tu as attendu ici...

Sa voix s'étrangla quand il comprit que c'était lui qu'elle attendait. Et que cela n'avait rien à voir avec les bolcheviks.

— Oui, depuis la fête, dit-elle.

Rosa le regarda longtemps avant de pouvoir parler de nouveau.

— Je voulais juste te dire... dit-elle enfin. Je voulais juste te dire que... je t'aime.

Indy ne savait pas quoi dire. Il aimait bien Rosa. Mais aimer d'amour? Non.

Rosa comprit son silence.

— Je n'aurais pas dû te dire ça, n'est-ce pas? dit-elle. Je t'embarrasse.

— Non… c'est que…, marmonna Indy.

Mais Rosa, maintenant qu'elle avait décidé de dévoiler ses sentiments, devait continuer, même si les mots étaient durs à dire.

— Indy, dit-elle, quand je suis avec toi, je me sens vivante. Quand tu n'es pas là, c'est comme si j'étais enterrée vive.

— Rosa…, commença Indy en cherchant ses mots.

— Ça va, Indy, dit Rosa doucement. Tu n'as pas besoin de dire quoi que ce soit. Je me suis trompée, n'est-ce pas ?

— Rosa, je t'aime bien, dit-il. Tu es drôle, intelligente et jolie. Mais l'amour est quelque chose d'étrange. Cela frappe comme la foudre et on ne peut pas le faire frapper davantage qu'on ne peut l'empêcher de frapper quand il le décide. Cela ne se commande pas.

— Et tu n'as pas été frappé, dit Rosa.

En réponse, Indy prit sa main par sympathie. Les yeux de Rosa s'embuèrent, et des larmes coulèrent sur ses joues.

— Parfois, j'envie Sergueï et Irina, dit-elle. Ils ont tout planifié, tu sais. Dès que la révolution est terminée, ils vont s'installer à la campagne, oublier le reste du monde.

— Ouais, je sais, dit Indy. Sergueï va construire une cabane en rondins près d'une rivière et pêcher du poisson. Ils auront deux chats, quatre chiens et sept enfants.

— Je pense parfois que, quand ils disent aux sidérurgistes de grimper aux barricades, ils pensent en réalité à leur cabane à la campagne, dit Rosa dans un soupir.

— Les sidérurgistes! dit-il soudainement en fixant Rosa.

— Oh, je voulais dire les ouvriers en général, dit Rosa. J'ai juste dit cela parce qu'ils vont parler à des sidérurgistes ce matin.

— Quels sidérurgistes? demanda Indy en lui agrippant la main. Est-ce qu'ils ont dit à quelle aciérie ils allaient?

— Oh, Indy, je ne sais pas! Quelle importance? Rosa le regarda, surprise par son brusque changement d'humeur.

Juste à ce moment, Sergueï et Irina sortirent, portant leur drapeau rouge. Ils s'arrêtèrent, surpris, en voyant Rosa et Indy.

— Salut! dit Sergueï. On interrompt quelque chose?

— Sergueï, tu es tellement bête parfois! dit Irina. Elle le prit par le bras et l'entraîna dans le hall.

— A plus tard, les enfants ! dit-elle avec un clin d'œil en direction de Rosa.

— Bonne chance aux aciéries Poutilov ! leur cria Indy.

Ils s'arrêtèrent net et Serguéï se retourna pour fixer Indy droit dans les yeux.

— Qu'est-ce qui te fait penser que nous allons là-bas ? demanda-t-il.

— Vous devrez mobiliser les ouvriers de Poutilov si la révolution commence demain, n'est-ce pas ? dit Indy en utilisant la logique de Brossard.

— De quoi parles-tu, Indy ? dit Irina.

Indy tira des tracts de sa poche.

— J'ai lu votre littérature, Irina, dit-il. Tous les tracts qui annoncent des manifestations ou des assemblées. Je sais parfaitement bien qu'il y en a tout le temps.

Il sortit son calendrier avec ses dates cochées et l'agita devant leurs yeux.

— Mais il y en a plus dans les prochaines quarante-huit heures qu'il n'y en a eu depuis des semaines. J'ai même vu des tracts qui n'ont pas encore été imprimés ! Je sais que les aciéries Poutilov sont la clef. Et maintenant, je sais que vous allez les « agiter ». Alors, ne me dis pas que la révolution bolchevique ne commence pas maintenant, Serguéï !

Irina et Sergueï se regardèrent, inquiets. Puis Sergueï posa son drapeau.

— Tu dois trouver tout ça pour le rapporter à tes patrons espions, n'est-ce pas, Indy ? dit-il. Ça va, je comprends. Tout le monde doit travailler. Laisse-moi te faire une fleur. Ne leur dis pas que les bolcheviks commencent leur révolution maintenant, parce que ce n'est pas vrai.

— Bien, tu es obligé de dire ça, n'est-ce pas ? rétorqua Indy, glacial. Tu en as le devoir.

Sergueï posa sa main sur l'épaule d'Indy.

— D'abord, nous n'allons pas aux aciéries Poutilov, dit-il fermement. Nous allons à une aciérie, mais pas celle-là. Cela n'a pas d'importance, mais je vais te dire quelque chose d'important. Indy, où crois-tu que soit Lénine ?

— Hier soir, il était au quartier général bolchévique, dit Indy. Il y est sûrement encore.

— Il est en route pour la Finlande, dit Sergueï.

— La Finlande ? dit Indy, n'en croyant pas ses oreilles.

La Finlande n'était qu'à quelques heures de train, mais à l'étranger !

— L'homme est épuisé, Indy, dit Sergueï. Il est usé et il se repose. Maintenant, interroge-toi : est-ce qu'une révolution démarre quand son meneur est en vacances ?

— Mais ce n'est pas la raison principale pour laquelle les bolcheviks ne font pas leur coup maintenant, dit Irina. C'est bien plus concret. La Russie n'est pas prête.

— Lénine sait que nous pourrions prendre Saint-Pétersbourg maintenant, dit Sergueï.

— Et la tenir une semaine, pas plus, avant d'être chassés, ajouta Irina.

— La réalité, c'est que nous n'avons pas encore assez de soutiens, dit Sergueï. Pas assez d'ouvriers, pas assez de soldats, pas assez de paysans. Nous serions balayés très rapidement si nous tentions quoi que ce soit maintenant.

— Dans quelques mois, le peuple sera de notre côté, dit Irina. Pas seulement le peuple de la ville, mais le peuple de toute la Russie. Alors, nous pourrons agir ; pas maintenant.

Indy les regarda l'un et l'autre. Disaient-ils la vérité ?

— Si tu vas dire à tes patrons que la révolution bolchévique va bientôt commencer, dit Sergueï, tu vas te ridiculiser. Je te le promets. Crois-moi, Indy. Ce n'est pas encore le moment.

Irina prit Sergueï par la main. Sergueï prit son drapeau.

— A plus tard, Indy ! dit-il.

Tandis qu'il les regardait partir, Indy sentit le regard de Rosa. Il l'avait complètement oubliée.

Elle avait une expression étrange, comme si elle le voyait pour la première fois.

— L'amitié, ce n'est pas facile non plus, n'est-ce pas, Indy? dit-elle.

CHAPITRE 9

Quatre heures plus tard, Indy avait dormi un peu, s'était fait un brin de toilette et s'était rendu à son travail à l'heure. Brossard, qui n'avait sans doute pas quitté son bureau de la nuit, avait, comme à l'accoutumée, l'air aussi frais que s'il avait passé la nuit dans un palace.

Indy et Brossard étaient dans la salle de conférences de l'ambassadeur. Ils étaient assis à la grande table cirée, en compagnie des personnes officielles de l'ambassade. L'ambassadeur tournait en rond et leur parlait nerveusement.

— J'ai besoin de résultats maintenant ! La pression ne vient pas seulement du gouvernement russe, mais, ce qui est plus grave, de mes supérieurs à Paris. Ils veulent un rapport sur un éventuel soulèvement bolchévique pour aujourd'hui. Quelles sont vos conclusions ?

Tout le monde se regarda, mal à l'aise. Puis Indy décida que l'audace était son meilleur atout et il se lança.

— Monsieur… ! dit-il, sur le point de livrer son opinion.

Mais, à ce moment précis, Brossard fit une déclaration si percutante que tout le monde se tourna vers lui.

— D'après mes observations, je pense que le soulèvement bolchevique va commencer dans les vingt-quatre heures.

L'ambassadeur s'arrêta de marcher et le ton de sa voix se fit plus insistant.

— Vraiment, capitaine Brossard ? dit-il. Quelles sont vos preuves ?

Brossard, évidemment, était prêt. Il sortit une feuille de papier et commença à énumérer les points qu'il avait notés.

— La preuve numéro un, Excellence, nous vient du front. La dernière offensive russe est un échec. De plus en plus de soldats désertent et ce, malgré les injonctions de leurs supérieurs.

— Et alors ? dit Indy.

Mais personne ne l'écoutait. Tous écoutaient attentivement les propos du capitaine.

— La deuxième preuve, poursuivit Brossard, c'est que les régiments en garnison à Saint-Pétersbourg même refusent de monter au front. Ce qui veut dire qu'ils sont disponibles pour un soulèvement ici. Les plus dangereux sont le régiment de mitrailleurs et les marins de Kronstadt.

— Cependant… dit Indy.

Mais Brossard continua.

— La troisième preuve : il y a plus de manifestations et de rassemblements de prévus dans les prochaines quarante-huit heures qu'il n'y en a eu depuis la chute du tsar. L'agitation est aujourd'hui à son comble. Il faut s'attendre au pire.

Indy grinça des dents. C'était son idée. Comment Brossard aurait-il pu trouver ça tout seul et alors qu'il était enfermé dans son bureau ?

— Je pense que tous ces faits réunis vont aboutir à une marche sur le palais Tauride dans les vingt-quatre heures, conclut Brossard.

Des visages inquiets se regardèrent. L'ambassadeur, impressionné, dévisagea le jeune homme.

— Bien raisonné, Brossard, dit-il. Votre opinion, André ?

— Eh bien, dit le premier secrétaire, pensif, si les bolcheviks prennent le palais maintenant, il n'y aura pas grand monde pour les en empêcher, car actuellement, il y a peu de troupes pour défendre le gouvernement provisoire. Des unités loyalistes pourraient être rappelées du front, mais cela prendra plusieurs jours et elles arriveraient trop tard. Un silence de plomb tomba sur la pièce. C'était le moment ou jamais pour Indy d'exposer sa thèse et de remettre Brossard à sa place une bonne fois pour toutes.

— A part le fait que ce minutage est totalement faux, dit Indy tranquillement, en regardant l'assemblée déconcertée.

— Faux, capitaine Défense ? Pourquoi faux ? demanda l'ambassadeur, intrigué par l'assurance d'Indy.

Soudain, tout le monde l'écoutait. Personne ne salua M. Laurentine qui arrivait en retard, apportant des dépêches et qui murmura un « Excusez-moi » embarrassé.

— Parce que les bolcheviks n'ont pas encore assez de soutiens, ni dans le pays, ni dans l'armée, dit Indy, répétant mot pour mot ce que lui avait dit Sergueï. Ils savent qu'ils peuvent prendre Saint-

Pétersbourg en quelques jours, mais ils savent aussi qu'ils ne peuvent pas la tenir. Ils ne vont pas bouger avant d'être sûrs d'être soutenus par le peuple dans tout le pays.

— Il y a du vrai dans tout ça, Excellence, dit le premier secrétaire. Les bolcheviks sont dangereux, mais ils sont aussi prudents. La plupart des meneurs ont passé des années en exil à attendre une occasion comme celle-là. Lénine était en Suisse. Léon Trotski a été à New York pendant dix ans. L'enjeu est bien trop important et même s'ils veulent à tout prix renverser le pouvoir, ils ne vont pas gâcher cette occasion en attaquant avant d'être sûrs de gagner.

— De plus, dit Indy en continuant sur son avantage, j'ai fréquenté les activistes bolcheviques, ceux qui sauront s'il se passe quelque chose. Or ils ne savent rien.

— C'est pratique courante chez les bolcheviks de ne rien dire aux membres de base, dit Brossard avec suffisance, en foudroyant Indy du regard. Lénine n'a pas cessé de...

Cette fois, Indy l'acheva.

— Si Brossard se trompe totalement dans ses analyses, dit Indy, doucereux, en remuant le couteau dans la plaie, il a raison de mentionner Lénine. Si vous voulez savoir tout ce qui se passe dans cette révolution, suivez Lénine : il n'y a rien de plus simple.

— Mais nous suivons Lénine, capitaine Défense, dit l'ambassadeur. Nous avons des agents qui ne font que ça.

— Alors, je suggère que vous vous mettiez en rapport avec eux tout de suite, Excellence, dit Indy. Je pense que vous apprendrez que, depuis hier soir, il est en vacances en Finlande. Ce qui n'est pas le bon endroit pour lancer une révolution à Saint-Pétersbourg. Et je ne pense pas que, sans lui, les ouvriers tenteront quelque chose.

Les paroles d'Indy firent l'effet d'une bombe. Comment ce jeune homme pouvait-il connaître les déplacements de l'homme le plus discret de toute la Russie ? Même Brossard avait l'air impressionné par ce qu'il venait d'apprendre. En fait, Indy tremblait intérieurement. Il n'avait que la parole de Sergueï sur le voyage de Lénine en Finlande. Et si Sergueï se trompait ? Et si ses informations n'étaient pas bonnes ?

— Monsieur Laurentine, dit l'ambassadeur, vous avez ces informations ?

Laurentine ouvrit un dossier qu'on venait de lui apporter.

— Ces rapports viennent d'arriver, dit-il tout en les parcourant.

Il regarda Indy, stupéfait, et se tourna vers l'ambassadeur.

— Le capitaine Défense a tout à fait raison, Excellence, annonça-t-il. Lénine a franchi la frontière finlandaise ce matin. Il serait épuisé nerveusement et aurait besoin de repos.

Toute la salle murmura. Indy ferma les yeux et poussa un soupir silencieux. La partie était gagnée et il se sentait plus léger à présent.

— Ah! dit le premier secrétaire.

— En effet! dit l'ambassadeur. Bravo, Défense! C'est du bon travail. Vous avez peut-être un avenir sur le terrain.

— C'est une réflexion intéressante, Brossard, ajouta-t-il d'un ton sarcastique. Mais malheureusement vous vous êtes laissé emporter par votre enthousiasme.

— Merci, messieurs, dit-il en prenant le dossier des mains de Laurentine. Je pense que j'ai ce dont j'ai besoin pour mon rapport à Paris. Je vais étudier ces documents. Il semble que la deuxième révolution ne soit pas pour tout de suite et je dois vous avouer que je m'en réjouis.

L'ambassadeur sortit, allègre.

— Ça ira mieux la prochaine fois, dit Indy ironiquement à Brossard.

CHAPITRE 10

Dans son bureau, Indy venait de terminer de déchiffrer les derniers messages. Il regarda sa montre. La journée de travail était finie. Il avait hâte de rentrer à la maison, de passer une longue soirée tranquille avec ses amis. Peut-être leur laisserait-il entendre quelque chose de son succès de ce matin.

Brossard était affalé sur son bureau, classant des papiers dans des dossiers. Lui et Indy avaient à peine échangé un mot depuis qu'ils étaient sortis du bureau de l'ambassadeur ce matin. Brossard se sentait furieux et humilié.

— Bien, je crois que c'est bon pour aujourd'hui, dit-il en se levant et en s'étirant.

Une partie de lui avait pitié de son collègue malheureux, mais il ne put s'empêcher de lancer quelques piques avant de sortir.

— Je suis bien content de bientôt partir d'ici. Vous êtes un homme de dossiers, Brossard. Mais moi, j'ai besoin d'être dans la vraie vie.

— Vraiment, capitaine ? dit Brossard en rangeant ses papiers.

— Vous voyez, j'aime faire les choses, dit Indy. Pas seulement les lire dans un rapport, comme vous. Et je crois que cela me réussit. Je penserai à vous, Pierre, vous échinant ici alors que je traquerai l'ennemi dans les rues d'une ville exotique.

— Bien, dit Brossard d'un ton neutre. Cela fait du bien de savoir que quelqu'un pense à vous.

Indy ne savait pas quoi répondre. Mais il n'eut pas le temps de se poser la question. La porte s'ouvrit soudainement. Indy sursauta en voyant M. Laurentine qui entrait comme une tornade. Ses yeux étincelaient d'une émotion qu'Indy ne connaissait pas.

— Capitaine Défense, capitaine Brossard ? Rendez-vous à la cellule de crise au-dessus du bureau de l'ambassadeur, dit-il d'un ton sec.

— La cellule de crise ? dit Indy. Je ne savais pas que nous...

— Nous n'en avions pas, répondit Laurentine en souriant. On vient de l'ouvrir. Vous voyez, la révolte bolchevique a débuté il y a une heure. Nous avons été pris à la gorge.

M. Laurentine tourna sur ses talons et sortit, laissant Indy abasourdi.

Indy se sentait mal en grimpant les escaliers, derrière un Brossard souriant et béat. Il se sentit plus mal encore quand il entra dans la pièce où régnait une activité intense et frénétique. Il semblait que tous les diplomates, tous les domestiques et tous les secrétaires étaient présents. Une foule de gens portait des machines à écrire, montait des tables, accrochait des cartes de Russie et de Saint-Pétersbourg aux murs et courait en tous sens en portant des dépêches ou des dossiers. Une batterie de téléphones sonnait sans relâche. On était proche de l'affolement général.

— Ah! Sorti de votre sous-sol, capitaine? dit l'ambassadeur ironiquement, en regardant Indy d'un œil glacé.

— J'aimerais que vous vous occupiez des téléphones, Défense, dit Laurentine. Brossard, venez avec moi.

Le premier secrétaire s'approcha de l'ambassadeur.

— Le régiment de mitrailleurs contrôle la gare de Finlande, Excellence, dit-il.

— Ils font le tour de toutes les unités stationnées en ville pour les inciter à renverser le gouvernement, ajouta le second secrétaire.

L'ambassadeur lança à Indy un regard assassin. Mais il se défoula de sa colère sur le second secrétaire.

— Marquez-le sur la carte, grogna-t-il. Marquez-le sur la carte ! Je veux voir ce qui se passe. Mais, bon sang, remuez-vous un peu !

Le second secrétaire se pressa vers la carte de Saint-Pétersbourg et y planta un petit drapeau, avec l'emblème du régiment.

Indy se cacha derrière la batterie de téléphones. Il était si humilié et si honteux qu'il n'arrivait pas à penser.

Il y a tout juste quelques heures, il avait démontré qu'il était un agent de renseignements avec lequel il faut compter. Un espoir, avec des contacts, une capacité de déduction, de l'audace. Maintenant, il était un idiot maladroit. Pis, un idiot maladroit qui avait fait passer l'ambassadeur de France pour un idiot aux yeux de ses supérieurs à Paris. Brossard avait les bonnes informations. Et lui, Indiana Jones, avait fait en sorte qu'elles soient dédaignées ! Et tout ça parce qu'il avait été trompé par ces deux bolcheviks menteurs et intrigants, Sergueï et Irina, qui prétendaient être ses amis. Les traîtres !

Le téléphone sonna. Il décrocha et nota machinalement le message.

— A quel croisement ? dit-il, morose. La rue Leteiny et l'avenue Nevski. Bien. Merci.

Il compléta le message et le porta à M. Laurentine, occupé à lire des dépêches qu'un coursier venait de lui apporter.

— Il y a des blindés bolcheviques au croisement de la rue Leteiny et de l'avenue Nevski, monsieur, dit-il.

— Il y a des blindés bolcheviques à tous les croisements, capitaine. Merci, dit Laurentine brusquement. Je crois que votre téléphone sonne de nouveau.

— Ils bloquent les ponts sur la Néva, monsieur, rapporta-t-il après avoir raccroché.

— Très bien, dit Laurentine. Je vais le faire porter sur la carte.

L'ambassadeur se tenait devant la carte de la ville. Il observait les drapeaux rouges se multiplier et se rapprocher du centre. Le premier secrétaire s'approcha de lui avec un nouveau rapport et lui parla à voix basse.

— Lénine est rentré de Finlande, Excellence, chuchota le premier secrétaire. Il est allé directement au quartier général bolchevique au manoir de Kechinskaïa, et il s'est adressé à une foule immense. L'ambassadeur le regarda, impassible. C'est ce qu'il craignait. Chaque nouvelle effritait son tableau d'avancement dans les services diplomatiques. Et tout ça à cause de ce jeune homme stupide et prétentieux !

— Les marins de Kronstadt marchent sur la capitale, dit le second secrétaire en ajoutant un drapeau sur la carte. Ils sont cinq mille.

— Fantastique ! dit l'ambassadeur, en prenant un ton sarcastique.

Brossard surgit, faisant de son mieux pour dissimuler son bonheur devant la tournure des événements. En réalité, il jubilait.

— Trotski parle à la foule devant le palais Tauride. Apparemment, il essaie de la calmer, dit Brossard. Mais la foule exige que l'on renverse le gouvernement. Kerenski est sur le front, mais les autres ministres sont à l'intérieur du palais. Il n'y a pratiquement pas de troupes pour les protéger.

— Bien, dit l'ambassadeur.

Indy tendit un message à M. Laurentine, mais personne ne lui parlait. Il retourna à ses téléphones le plus vite possible. Ils sonnaient avec insistance.

— Oui ? dit Indy. Les aciéries Poutilov ? D'accord !
Il commença à retranscrire le message.

— Excitant les ouvriers ? D'accord. Des noms ?
Serguëi Aliev... Et Irina Mikhaïlovna Bochareva,
n'est-ce pas ? ajouta Indy avant que son correspon-
dant ne lui donne son nom. Oh, j'ai deviné ! C'est
tout.

Il raccrocha et regarda ses notes, abattu. Il s'y
attendait, mais cela lui faisait mal. Ses soi-disant
amis l'ont même trompé sur les aciéries où ils se
rendaient.

— Les menteurs, se dit-il. Sales menteurs rouges !
Indy se tourna vers son voisin, et dit, amer, sans
attendre de réponse :

— Si j'ai appris quelque chose dans cette révolution,
dit-il, c'est de ne jamais faire confiance à quiconque
dit être votre ami.

Une heure plus tard, l'ambassadeur regardait les
drapeaux rouges remplir la carte. Son café tiède ne
faisait qu'accentuer sa fatigue. Le premier secrétaire vint s'asseoir à côté de lui, non pas parce qu'il
avait quelque chose à lui dire, mais parce que
l'ambassadeur avait l'air abattu.

— Eh bien, on dirait que, dans quelques heures, vous serez le premier ambassadeur de France de la Russie bolchevique, dit-il, essayant d'apporter une note d'optimisme à la situation.

L'ambassadeur lui lança un regard morne.

— Dans quelques heures, André, je ne serai plus ambassadeur du tout. La France ne reconnaîtra jamais la Russie communiste.

M. Laurentine les rejoignit, il prit une chaise et s'assit près de l'ambassadeur. Il était étrangement excité.

— J'ai le texte du discours de Lénine aux marins de Kronstadt, il vient de nous parvenir.

— Ne vous donnez pas la peine de le lire, Laurentine. Je sais ce qu'il dit. « Le pouvoir au peuple. Tous en avant sur le palais Tauride. »

— Pas tout à fait, Excellence. Laissez-moi vous lire ces mots exacts : « Camarades, je vous présente mes excuses. J'ai été malade. En dépit des difficultés, je suis certain que nous allons gagner. Cela exigera de nous de la retenue, de la détermination et une vigilance constante. »

— Ce n'est pas vraiment un cri de guerre, dit le premier secrétaire.

— Nous savons aussi ce qu'a dit Trotski à la foule devant le palais Tauride, dit Laurentine en sortant une autre dépêche.

— Qu'est-ce qu'il a dit ? demanda l'ambassadeur.

— Rentrez chez vous, dit simplement Laurentine.

— Rentrez chez vous ? répéta l'ambassadeur, n'en croyant pas ses oreilles.

Laurentine lut la dépêche : « Le moment de la révolution n'est pas encore venu. Dispersez-vous, nous vous ferons signe. »

Soudainement, les choses se mettaient en place. Par chance, son regard tomba sur Indy, toujours au téléphone. Est-ce qu'après tout ce jeune homme avait eu raison ? Etait-il possible que Lénine ait été rappelé à la capitale seulement parce que les événements prenaient une tournure que les bolcheviks n'avaient pas prévue ?

— Mon Dieu, dit l'ambassadeur, peut-être que Lénine était vraiment en vacances. Peut-être que ce n'était pas une ruse.

— Est-ce que les gens rentrent chez eux ? demanda le premier secrétaire.

Brossard, qui venait d'arriver, les bras chargés de dépêches, lui répondit.

— Non, monsieur, dit-il. J'ai des rapports de toute la ville. Les dirigeants bolcheviques essaient de les retenir. Mais personne ne leur prête attention. Il y a des cortèges qui se dirigent vers le palais Tauride ; ils viennent de toutes parts, c'est le chaos.

101

— Ça commence à me plaire, dit l'ambassadeur.

Il avait retrouvé son énergie.

— Cela sent le désastre.

— Les cosaques se mêlent à la partie, dit Indy en parlant directement à l'ambassadeur. Ils ont décidé de soutenir le gouvernement. Il y a des tireurs embusqués sur les toits. Ils tirent sur les manifestants.

— Ça, capitaine, c'est le genre de nouvelles que j'aime entendre, dit l'ambassadeur, une lueur dans les yeux. Un massacre, hein ?

— Oui, monsieur, dit Indy.

Depuis les premiers tsars, on pouvait toujours compter sur la férocité des troupes cosaques.

— Vous savez ce qui s'est passé, n'est-ce pas ? dit l'ambassadeur en souriant, l'air cynique. Vous et Brossard aviez raison tous les deux. La révolte allait commencer dans les vingt-quatre heures, comme l'a dit Brossard. Mais les dirigeants bolcheviques ne l'ont pas suscitée comme vous l'avez affirmé. Ils savaient que ce n'est pas le bon moment. Notre ami Lénine a surexcité le peuple. Ils ont écouté un discours de trop, et ils ont pris l'initiative. Lénine, Trotski et leurs amis se sont fait déborder par la base. Ce qui va avoir pour conséquence un désastre bolchévique, dit-il gravement.

— D'ici à demain matin, prédit Laurentine, ravi, le sang coulera à flots dans les rues de Saint-Pétersbourg.

— Et du sang rouge! ajouta l'ambassadeur, dont les yeux se mirent à briller.

Le petit groupe se mit à rire, et l'estomac d'Indy se noua. Il repartit vers son téléphone.

— J'ai noté ça pour vous pendant que vous étiez parti, dit une fille à côté de lui. Les bolcheviques des aciéries Poutilov se préparent à conduire trente mille hommes, femmes et enfants dans une marche sur le palais Tauride. Et vous savez quoi? Ils vont tomber pile sur un barrage de mitrailleuses cosaques.

Indy la regarda, interloqué.

— Quoi?

La fille montra une carte.

— Les cosaques les attendent là, sur leur trajet. Ils vont se faire mitrailler, capitaine.

Le cerveau d'Indy se remit à fonctionner et il pouvait visualiser précisément ce qu'elle voulait dire. Trop précisément.

— Je dois sortir un moment, dit-il.

— Mais, capitaine, votre téléphone sonne! dit la fille.

— Laissez-le, dit Indy.

Il quitta la cellule de crise sans se retourner. Il devait maintenant s'occuper de sa propre crise.

CHAPITRE 11

Les aciéries Poutilov, dans les faubourgs de Saint-Pétersbourg, étaient une forteresse lugubre du capitalisme. Ses cheminées couvertes de suie crachaient dans le ciel une fumée noire. Son dédale de fonderies, de hauts fourneaux et de laminoirs s'étendait à perte de vue et bouchait l'horizon, déjà sombre, de cette périphérie.

Sans tenir compte des regards curieux des ouvriers, Indy se hâta dans les usines. Il demanda à tout le monde si quelqu'un savait où se trouvaient une jeune révolutionnaire nommée Irina et son compagnon Sergueï. Enfin, quelqu'un lui indiqua un bâtiment délabré qui servait ordinairement de réfectoire aux ouvriers.

Indy se fraya un chemin à l'intérieur et se trouva coincé dans une foule dense d'ouvriers sidérurgistes. Ils étaient massés autour d'une plate-forme sur laquelle se tenait Irina. Elle avait l'air frêle, mais ses paroles avaient la puissance d'un marteau-pilon et, devant son air décidé, les ouvriers étaient plus courageux que jamais.

— Qui veut continuer à faire cette guerre? cria Irina.

— Personne! rugit la foule.

— Qui veut que la Russie soit dirigée par une bande de petits bourgeois?

— Personne! répondit la foule. Tous étaient portés par le même désir de faire cesser cette guerre qui n'en finissait pas et qui ne leur apportait rien.

— Alors, dit Irina, qu'est-ce qu'on attend? Allons les mettre dehors, tous jusqu'au dernier! Ils nous attendent! Allons-y!

— Tout de suite! cria Sergueï, dans la foule.

Un millier de voix scanda :

— Tout de suite! Tout de suite!

Les ouvriers qui étaient le plus près des portes commencèrent à sortir.

Indy parvint à se frayer un chemin dans la foule. Il

sauta prestement sur la plate-forme et saisit Irina par le bras. Elle le regarda, surprise.

— Indy, que fais-tu ici?

— J'essaie de t'empêcher d'aller te faire tuer, dit Indy, le regard dur. N'y va pas!

— N'y va pas? dit Irina. Nous avons chauffé tous ces gens pour renverser le gouvernement russe. Nous n'allons pas reculer maintenant! Ce serait alors de la folie pure et personne ne comprendrait ce qui nous arrive.

— Qu'est-ce qui se passe? demanda Sergueï, qui les avait rejoints sur l'estrade. Que viens-tu faire ici, Indy?

— Je suis venu vous dire que, si vous marchez sur le palais Tauride maintenant, vous allez tomber sous une pluie de balles, dit Indy. Ils vous attendent et ils sont prêts à tous vous massacrer. Renoncez à ce projet, croyez-moi, vous serez tous tués.

— Tu mens, dit Sergueï.

— Tu m'as peut-être menti, Sergueï, dit Indy. Mais moi, je ne te mens pas.

— Nous t'avons menti, camarade espion, dit Sergueï, en colère, en saisissant Indy par le col, parce que tu as passé les bornes. Tu as essayé de profiter de notre amitié pour obtenir des informations. Nous n'avions pas le choix. Il n'était pas question que tu anéantisses tous nos efforts et notre lutte pour la liberté.

Indy savait que Sergueï avait raison. Sergueï et Irina avaient sans doute trahi son amitié. Mais dans son ambition de se sauver de son sous-sol pour devenir un homme de terrain, Indiana Jones les avait contraints à agir ainsi. C'était une leçon qu'il n'oublierait pas.

— D'accord, dit-il. Mais ce n'est plus le problème. Le problème, c'est que je sais que votre révolution va échouer.

— Allons, dit Sergueï, comment peux-tu savoir une chose pareille? Que pourra faire le gouvernement provisoire face à cette foule déchaînée prête à se battre et à donner sa vie pour une cause qu'elle croit juste?

— Lénine lui-même ne vous soutient pas, dit Indy. Nous avons reçu des rapports de toute la ville. En ce moment précis, tous les dirigeants bolcheviques essaient de retenir le peuple, de le renvoyer chez lui. Ils savent que ce n'est pas le bon moment.

— Peut-être que les dirigeants ont peur, dit Irina. Peut-être ont-ils trop peur pour prendre le pouvoir quand ils en ont l'opportunité. Mais pas nous. Et nous allons leur prouver que nous pouvons nous-mêmes faire notre révolution!

— Et les cosaques? demanda Indy. Y avez-vous seulement songé?

— Les cosaques! dit Sergueï. Qu'est-ce qu'ils ont, les cosaques?

— Les cosaques sont du côté du gouvernement, dit Indy. Il y a des tireurs embusqués sur les toits le long de toutes les artères principales. Ils vont vous tirer comme des lapins!

Sergueï et Irina étaient déconcertés. Ils ne voulaient pas le croire et ils étaient allés beaucoup trop loin pour pouvoir faire machine arrière. Déjà, les ouvriers se bousculaient à la sortie.

— Comment savoir si tu nous dis la vérité? dit Sergueï.

— Parce que je suis votre ami, dit simplement Indy. Il avait presque les larmes aux yeux.

— Mais Indy, répliqua Irina, tu travailles pour un gouvernement qui souhaite que la révolution échoue. Comment pouvons-nous te croire?

— Il y a ici trente mille personnes qui font la différence entre la réussite et l'échec, dit Sergueï. Tu crois que nous allons les retenir sur ta parole?

— Au nom de notre amitié! Ecoutez, vous ne voyez pas que j'essaie de vous aider? Ne faites pas ça! supplia Indy en montrant la foule qui sortait de la salle.

— Je suis désolée, Indy, dit Irina. Tu nous en demandes trop.

Indy se rendit compte qu'il ne servait à rien d'insister. La confiance entre eux, leur amitié étaient réduites en poussière. Sans un mot, il descendit de la plate-forme et se fraya un chemin vers la sortie.

CHAPITRE 12

A première vue, la grande pièce obscure semblait déserte. Les jeunes gens qui vivaient là s'étaient précipités dehors en début de journée. Des sacs, des affiches à moitié peintes, des lettres inachevées reposaient là où on les avait laissés. Rien ne bougeait.

Il n'y avait pas un bruit, à part, peut-être, la respiration de quelqu'un. En écoutant bien, on l'entendait. Et en regardant bien, on pouvait voir Indy assis dans un des fauteuils. Il regardait, sans les voir, les toits de Saint-Pétersbourg par la fenêtre. Perdu dans ses pensées, il n'entendit pas la porte s'ouvrir.

— Ohé ! Il y a quelqu'un ? demanda Rosa.

Comme il n'y avait pas de réponse, elle entra et alluma la lumière.

— Oh, Indy ! dit-elle, surprise.

Indy la regarda en silence. Il était trop déprimé pour répondre. Ses traits étaient tirés et ses deux bras se balançaient le long du fauteuil.

— Je suis passé vous voir parce que j'ai trouvé de la viande, dit Rosa. J'allais cuisiner un ragoût pour faire la surprise aux autres quand ils rentreront. N'est-ce pas une bonne idée ?

— Epargne-toi cette peine, Rosa, dit Indy. Ils ne rentreront pas.

— Ils ne rentreront pas ! Qu'est-ce que tu veux dire, Indy ? Explique-toi ! Que se passe-t-il ? Où sont-ils allés ?

— Je veux dire qu'en ce moment même ils conduisent une manifestation inutile de plusieurs milliers de personnes tout droit dans une embuscade cosaque.

Rosa n'arrivait pas à en croire ses oreilles. Pendant quelques secondes, elle resta sans voix, atterrée par les paroles de son ami.

— Nous devons les prévenir ! s'exclama-t-elle soudain.

— Je l'ai déjà fait, répondit Indy. Ils ne m'ont pas

cru parce que je travaille pour le gouvernement français.

— Mais tu es leur ami! dit Rosa.

— Ça n'a pas compté, dit Indy.

— On ne peut pas leur en vouloir, dit Rosa, se souvenant de la scène pénible de ce matin. Alors, qu'est-ce que tu vas faire?

— Faire? dit Indy. Il n'y a rien que je puisse faire. Je leur ai offert mon aide. Ils ont dit non merci et ils sont partis se jeter dans la gueule du loup.

— Alors, ils vont mourir pour rien, dit Rosa.

— Probablement, dit Indy, au désespoir.

Rosa eut soudain l'air décidé.

— Ce sont mes amis, et je ne vais pas laisser une chose pareille se faire, dit-elle. Je dois tenter le tout pour le tout.

Indy la regarda partir et l'entendit dévaler les escaliers. Mais il resta immobile, assis sur son fauteuil. Puis son regard se fixa sur le sac à provisions de Rosa. Le minuscule morceau de viande était tombé. Du sang filtrait à travers le papier journal dans lequel il était emballé. Il regarda le sang goutter sur le sol en se demandant s'il devait se lever pour l'essuyer.

Puis le déclic se fit dans son esprit. Rosa avait raison. Ses amis l'avaient peut-être rejeté. Mais cela ne voulait pas dire qu'il allait les abandonner. Ce n'était pas ça, l'amitié. Il se précipita vers la fenêtre. Rosa courait vite et allait bientôt disparaître au coin de la rue.

— Eh, Rosa, attends-moi ! cria-t-il. Attends-moi ! Indy se lança à sa poursuite.

Quand il rejoignit Rosa, les mots n'étaient pas nécessaires. Rosa savait qu'Indy avait compris qu'elle avait raison. Tout deux savaient que, quoi qu'il arrive, et malgré leurs opinions politiques différentes, ils resteraient amis.

Le bruit de leur course résonnait entre les hautes bâtisses. Au loin, ils entendaient le bruit de milliers de personnes chantant *l'Internationale*, le chant des travailleurs. En se rapprochant, ils distinguaient les paroles. Des paroles pleines d'espoir. Les paroles passionnées du peuple convaincu d'avancer vers une vie meilleure, vers une nouvelle ère, pleine de promesses, de liberté et de prospérité.

Debout, les damnés de la terre !
Debout, les forçats de la faim !
Pour vaincre la misère et l'ombre,

Foule esclave, debout! Debout!

Soudain, Indy saisit Rosa par le bras et l'entraîna sous une porte cochère.

— Quoi? demanda Rosa, surprise.

— Regarde là-haut... sur les toits, dit Indy.

Rosa vit un soldat. La silhouette de sa mitrailleuse se détachait sur le ciel lumineux du soir. Son regard suivit la crête des toits. Il y avait des dizaines de soldats, accroupis derrière leurs armes meurtrières. Eux aussi entendaient le chant des manifestants et ils étaient prêts à obéir aux ordres.

— Il y en a sur tous les toits de la rue. Ils vont tailler les manifestants en pièces! dit-elle. Indy, par où passe le cortège?

— Par ici, dit Indy.

Il fallait qu'ils prennent un raccourci pour rejoindre le cortège avant qu'il n'arrive ici. En face, Indy distinguait une allée sombre. Mais la rue était large. S'ils essayaient de l'atteindre, les soldats les verraient certainement. Il regarda Rosa; elle comprit.

— On essaie? demanda-t-il.

Rosa le regarda, prit une longue inspiration, puis approuva de la tête.

— Bon, dit Indy. Allons-y!

Ils foncèrent à travers la rue. Il y eut des cris, puis le

bruit d'une culasse qu'on arme. L'allée était à quelques mètres seulement. Indy prit la main de Rosa, puis plongea, les entraînant tous les deux à l'abri d'une éventuelle attaque. Personne n'avait tiré.

Ils marquèrent une pause dans l'allée. Les paroles de *l'Internationale* leur parvenaient distinctement, toujours aussi fortes et émouvantes.

> Pour que les voleurs rendent gorge,
> Pour tirer l'esprit du cachot,
> Allumons notre grande forge !
> Battons le fer quand il est chaud !

Il y eut un autre cri derrière eux. Ils se remirent à courir sur le pavé glissant. Tout à coup, ils débouchèrent sur une place.

Un immense cortège s'avançait vers eux. Des dizaines de milliers d'hommes, de femmes et d'enfants manifestaient. Beaucoup pleuraient de joie : ils trouvaient enfin la force de dire non à celui qu'ils pensaient être l'oppresseur, au gouvernement. Flottant au-dessus des têtes, il y avait des centaines de bannières et des milliers de pancartes qui appelaient à la fin de la guerre et au début d'un monde nouveau. Le son de leur chant emplissait l'avenue Nevski comme un fleuve en crue, emportant tout sur son passage.

116

C'est la lutte finale !
Groupons-nous et demain
L'Internationale
Sera le genre humain !

Sergueï et Irina étaient à la tête du cortège, le front haut et l'œil brillant. Les menant tous, ils brandissaient une bannière rouge qui disait : LE POUVOIR AU PEUPLE !

Ils étaient l'avant-garde d'une nouvelle race d'hommes. Un peuple qui laissait derrière lui des siècles de labeur et d'oppression. Un peuple qui ne voulait plus courber le dos et tout supporter sans la moindre objection. Un peuple nouveau !

Indy et Rosa regardaient, profondément émus. Puis Indy se souvint pourquoi ils étaient là. Il se rappela les mitrailleuses sur les toits, juste au coin de la rue.

— Sergueï ! Irina ! STOP ! ARRÊTEZ ! hurla-t-il en montrant les toits. Ils vous attendent !

Le bruit des chants était si puissant qu'il semblait que personne ne pût entendre la voix d'Indy. Mais Sergueï l'entendit. Il tourna lentement la tête, vit Indy et sourit. Puis il secoua la tête, comme s'il avait compris. Il fit face de nouveau, avançant vers le coin de la rue.

— Sergueï ! Irina ! NON ! hurla Rosa.

Sa voix se brisa dans un sanglot.

Il était trop tard pour les arrêter. Le flot de gens avançait inexorablement vers l'embuscade. Un instant, Indy hésita. Un instant seulement. Il allait sauver ses amis quel que soit le risque.

Il commença à courir, prenant de la vitesse à chaque foulée. Il n'avait jamais couru aussi vite de sa vie. Il atteignit la tête du cortège juste au moment où elle s'engageait dans la rue. Puis il plongea d'un bond puissant sur Sergueï et Irina.

A la seconde même, les mitrailleurs sur les toits ouvrirent le feu. Des balles ricochèrent sur le pavé. Les gens commencèrent à crier et à se jeter au sol. Des bannières tombaient sur la foule en déroute. Derrière, les gens, ignorants de l'attaque, continuaient à déboucher sur la rue. Un homme porta ses mains à la poitrine et tomba à la renverse dans la foule. Une femme tournait sur elle-même comme une toupie sous les impacts des balles qui la frappaient et la déchiraient. Dans le regard figé de ceux qui tombaient se lisaient un profond étonnement et une interrogation muette mêlée à la douleur.

En quelques secondes, le cortège tourna à la déroute. Indy était tombé à terre, étourdi. Quand il reprit ses esprits, il vit Sergueï, couché sur le sol à quelques mètres de lui. Du sang jaillissait de sa poitrine, son visage était livide.

Non loin de là, Irina se redressait faiblement, cherchant Serguéï du regard.

— Serguéï! Serguéï! cria-t-elle désespérément. Où es-tu?

Elle le vit et se précipita sur lui. Indy rampa vers Irina et la fit se baisser. Se débattant dans le vacarme assourdissant, ils traînèrent Serguéï hors de la ligne de tir.

Rosa les rejoignit, en se frayant un chemin à travers la foule, aidée par Boris. D'un geste précis, elle déchira la chemise de Serguéï. Et elle s'immobilisa, épouvantée par ce qu'elle voyait. Le torse de Serguéï n'était plus qu'une plaie béante. Indy retint Irina, qui hurlait de terreur.

— Serguéï, Serguéï! Ne meurs pas! supplia Irina. Ça va aller, Rosa est là, elle va te soigner. Regarde, elle a des pansements. Nous allons t'amener à l'hôpital. Ne meurs pas, Serguéï, ne meurs pas!

Rosa faisait ce qu'elle pouvait pour arrêter l'hémorragie, mais ils savaient tous que c'était peine perdue.

Serguéï chercha la main d'Irina. Puis il croisa le regard d'Indy. Il essaya de lui dire quelque chose. Indy se pencha pour l'écouter.

— Adieu, mon ami, murmura Serguéï faiblement.

Indy hocha la tête. « Ami »!

Sergueï regardait Irina. Il y avait tant de choses qu'il voulait lui dire sur la vie qu'ils s'étaient imaginée.

— Irina, dit-il. Toujours...

Mais Sergueï ne put aller plus loin. Ses yeux s'écarquillèrent dans un spasme de douleur. Puis sa tête retomba en arrière, la bouche ouverte.

Il était mort.

Le cri de désespoir d'Irina résonnait sur la place.

Indy et Rosa se regardèrent. Avec le consentement silencieux de Rosa, Indy lui ferma les yeux. Il avait les larmes aux yeux. Rosa prit Irina dans ses bras, comme pour partager sa douleur et lui donner toute la force qui lui restait.

Boris bondit sur ses pieds et se précipita dans la rue.

— Traîtres! Traîtres! Traîtres! cria-t-il de toutes ses forces.

Mais le massacre était fini, maintenant. Les manifestants avaient fui. Personne ne prit la peine de tirer sur ce révolté solitaire. C'était fini. Les cris de Boris se perdaient dans le silence.

Quatre cents personnes sont mortes ce jour de juillet, avant que les manifestants réalisent que la révolution n'était pas pour tout de suite. Les dirigeants bolcheviques s'enfuirent, tandis que les troupes gouvernementales fermèrent leurs bureaux et détruisirent leurs imprimeries. Pour un certain temps, les forces bolcheviques étaient anéanties, et il semblait que le danger communiste fût écarté.

Indy était plus occupé que jamais, ces jours-là, à essayer de savoir tout ce qui se passait. Mais son appartement n'était plus un pôle de discussion et d'activité.

Meurtrie de chagrin, Irina quitta l'université pour retrouver sa famille. Dimitri disparut complètement. Les yeux brillants et confiants de Rosa se ternirent de fatigue et de tristesse, tandis qu'elle travaillait jour et nuit à l'hôpital. Même Boris était étrangement calme.

Cependant, les bolcheviks reconstruisirent leurs forces petit à petit, jusqu'à ce que le moment fût venu d'agir. Au mois d'octobre, tandis qu'il neigeait, ils prirent la Russie en une seule nuit. Et l'été de l'espoir fut oublié.

Dans les années qui suivirent, quand Indy pensait à la révolution bolchevique, il n'y pensait pas en termes de communisme et de capitalisme. Il ne pensait pas à la révolution et à la contre-révolution. Il pensait à ses amis : Rosa, Boris et Dimitri.

Par-dessus tout, il pensait à Irina et à Sergueï. A l'avenir extraordinaire auquel ils avaient cru passionnément. Cet avenir avait été emporté par la tourmente de la révolution, tout comme un bateau en papier que les enfants mettent à l'eau est emporté par des courants qu'ils ne soupçonnaient même pas, entraînant leurs rêves vers des destinations inconnues.

NOTE HISTORIQUE

La révolution de juillet 1917 est un des mystères de la révolution russe. Est-ce que les dirigeants bolcheviques l'avaient programmée ? Ou est-ce qu'elle a eu lieu parce que le peuple avait été tellement excité par les discours enflammés des meneurs qu'il prit l'initiative des événements ?

Il est certain que Lénine était en Finlande juste avant le début de la révolution de juillet, et qu'il rentra précipitamment à Saint-Pétersbourg quand il fut évident que quelque chose d'important se passait.

Nous savons aussi qu'il était très indécis sur la conduite à suivre à son retour. Il était tenté de suivre le peuple et de renverser le gouvernement. Cela aurait mis les bolcheviks au pouvoir. Mais comment aurait réagi le reste du pays ? Et l'armée ? Auraient-ils défendu le gouvernement provisoire ou non ? Lénine ne pouvait en être sûr. Alors, le parti bolchévique ne s'est pas lancé dans la révolte.

Dans les heures qui suivirent le massacre de l'avenue Nevski, Lénine crut que c'était la fin. Alexandre Kerenski, le ministre de la Guerre, avait maintenant un prétexte pour écraser les bolcheviks une fois pour toutes. S'il avait fait ainsi, la démocratie aurait pu l'emporter en Russie à cette époque, et l'histoire du vingtième siècle aurait été très différente.

Mais Kerenski laissa les principaux dirigeants s'enfuir. Bien que les bolcheviks fussent affaiblis, il leur restait assez de forces pour se redresser et pour vaincre au mois d'octobre. En fait, quand ils prirent le pouvoir, ils avaient moins de monde dans les rues de Saint-Pétersbourg que pendant le soulèvement du 3 au 5 juillet. Quelques milliers d'hommes aguerris prirent les points stratégiques et s'y maintinrent. Ils n'eurent pas besoin de la foule.

Après cela, la Russie devint le premier Etat communiste. Lénine fut son premier dirigeant, et le pays devint l'Union soviétique. Ce fut une expérimentation à grande échelle des idées de Karl Marx, qui dura la plus grande partie du vingtième siècle.

Le régime communiste apporta la guerre civile, la famine, le Goulag pour les dissidents... et le dictateur sans scrupules Joseph Staline, qui prit le pouvoir à la mort de Lénine. Cette expérience dura jusqu'en 1990.

Entre-temps, le pays s'était tellement enfoncé dans la pauvreté et l'inefficacité que le chef du parti communiste lui-même, Mikhaïl Gorbatchev, admit enfin : « Le modèle ne marche pas. »

Cependant, des milliers de personnes étaient mortes en essayant de le faire marcher. Telles furent les conséquences de ces mois fatals de 1917, quand Indiana essayait d'aider ses amis, et quand le peuple russe essaya, en vain, de prendre son destin en main et de le rendre meilleur.

Et le destin de Saint-Pétersbourg ? La « Ville de Pierre » avait été rebaptisée en 1914 après que l'Allemagne eut déclaré la guerre. Le nom Saint-Pétersbourg était d'origine allemande, et les Russes ne voulaient pas que leur capitale porte un nom qui vienne de l'ennemi. Après que les bolcheviks eurent pris le pouvoir, la capitale fut transférée à Moscou.

Petrograd fut rebaptisée Leningrad en 1923 en l'honneur de Lénine. Elle redevint Saint-Pétersbourg en 1991, en mémoire de jours meilleurs. Quel que soit son nom, c'est une très belle ville.

Impression réalisée sur CAMERON
par BRODARD ET TAUPIN
La Flèche
en janvier 1993
N° d'impression : 6371G-5